d'aujourd'hui

collection dirigée par
Jane Sctrick

MAÎTRE-CHIEN

MATHIEU TERENCE

MAÎTRE-CHIEN

roman

PHÉBUS

Illustration de couverture :
École rurale à Paspels en Suisse,
Valerio Olgiati (architecte)
Photo : Heinrich Helfenstein

www.phebus-editions.com

PROLOGUE

Johann longe le front de mer. Sa marche l'a conduit du nord au sud de la ville. Il a d'abord emprunté l'allée bordant la baie puis il a comme passé en revue le vaste profil aplati des plages. A présent, longtemps après minuit, il suit du regard la ligne de la frise noir et blanc – noir et or dans la lumière des lampadaires – qui décore sous ses pas les cinq kilomètres de la promenade de l'avenue Atlantíca. La fréquence des courbes de la mosaïque rappelle à propos la longueur d'onde de la houle en provenance du large ; elle produit sur lui un effet proche de celui de l'hypnose. Mieux que l'alcool de canne qu'il a bu ce soir en abondance, ou que la fatigue, la vision soutenue du carrelage aux motifs damés est près de le plonger dans l'état second qui lui permettrait d'oublier le marasme dans lequel il se débat ces temps-ci.

Il se tourne vers la ville et jette un œil à la perspective qu'agencent de là où il se trouve, à l'extrémité incurvée de l'avenue, les grands hôtels et les buildings d'apparat alignés devant l'océan. Sous cet angle, au pied des mornes enguirlandés de taudis, les tours lui semblent partager un air de famille avec les colosses de l'île de Pâques, dans l'attente hiératique d'un débarquement ennemi. Pour l'instant, aucune armada à l'horizon ne balance sa forêt de mâts sur les eaux.

A ce moment, si loin en avant et en retrait du jour, le trafic de la circulation est réduit à son rendement le plus faible. Le hurlement *à l'américaine* d'une sirène de voiture de police s'élevant soudain d'entre les blocs campe d'emblée dans son esprit la scène rebattue au cinéma d'une course-poursuite avec cascades et coups de feu. Malgré l'heure tardive, la chaleur de l'été – c'est janvier – ne desserre pas l'étau qui tient toute chose ici. Dans la journée, à cette période de l'année, les rayons solaires fendent l'espace au plus court avant de toucher terre. A la nuit tombée, animaux et humains conservent en eux le souvenir d'une cuisson à grand feu à peine tempérée par la pulsation mouillée de l'Atlantique et l'humidité qu'exhale la forêt *sempervivente* présente par enclaves jusqu'au *Centro*.

Après avoir enjambé la piste cyclable et laissé derrière lui la place du Colonel-Eugênio-Franco, Johann avance entre les grillages du musée historique de l'Armée et la clôture à haute tension du parc d'un immeuble de luxe. Sans que s'interrompe le cours serpentin de sa pensée, semblable à celui d'un fleuve que le dépôt des alluvions charriées finit par exhausser au-dessus de son lit et détourner en bras digités, son errance l'entraîne dans la direction du rocher de l'Arpoador. Les branches des arbres poussés de part et d'autre du raccourci croulent sous le poids d'orchidées béantes qui ressemblent dans l'ombre à des têtes mafflues, tétanisées dans l'expression de la hargne la plus sourde.

Ce corridor végétal qui donne sur une esplanade de gneiss battue par les vents rappelle la coulisse d'un théâtre sur la scène duquel les éléments se déchirent, se mêlent, se fuient sans relâche et offrent à l'année un spectacle digne d'un opéra parfaitement orchestré. Johann se tient maintenant à la pointe du cap, peut-être à l'endroit exact d'où l'on harponnait les baleines il y a encore un siècle. A l'écart de la voie publique, aucune lumière artificielle ne fonctionne qui étrécirait les ténèbres au format de l'homme. Le clair vif de la lune épingle son éclat de foudre à tout le panorama : il enneige le saphir facetté des flots, auréole les hauts noirs de la cordillère à l'échancrure du golfe, poudre d'argent le croissant des plages. L'astre blême, plus que blême, ouvre la nuit à l'infini.

Assis sur le rebord d'un môle couleur de suie, Johann respire la mer qui tonne. Il baisse les yeux sur la grève déserte. Est-ce le passage d'un conquistador, d'un missionnaire, ou d'un rufian, qui lui a valu son nom de plage du Diable ? Il n'aura pas le loisir de se renseigner : il s'envole tout à l'heure. Une grimace crispe les traits de son visage. L'optique d'un retour en Europe l'accable. Là-bas, il ne se sent plus à sa place. Et mis à part les Encyclopédies du Cosmos qui attendent la réactualisation de son étude sur la ville, Laurane disparue, nul ne l'attend plus chez lui désormais.

Les séries de vagues déferlent de gauche à droite, entre la jetée sur laquelle il est posté et l'autre musoir, parallèle au sien et tout aussi sauvage, qui épaule l'estran. Il devine le dos d'âne sous-marin d'un banc de sable à la cambrure soudaine que prennent les lames. L'une après l'autre, elles se dressent et adoptent un mouvement orbital très propre ; leurs crêtes s'effilochent puis cascadent en voltes régulières. Une rumeur d'avalanche gronde sur le paysage. Le vaste éboulis blanc qui roule vers le bord diminue en volume et nappe le sable brou-de-noix du replat avant de se retirer comme salive ravalée. A chaque vague, l'afflux massif des eaux grimpe sur les flancs des deux jetées qu'il frappe en bondissant sur leurs arêtes : les blocs de plusieurs tonnes résonnent avec une clarté de tambourin.

Johann fixe le maelström marin. Il suffirait de sauter dans le ressac, d'inonder ses poumons à grandes goulées pour que les brisants rompent sa nuque. Il suffit de sauter, s'entend-il répéter dans un murmure, et il se dit qu'il est peut-être en passe d'élucider le pourquoi de la plage du Diable. Un charme opère ici qui rend impérieux l'appel du suicide. Basculer est facile ; justement, il se penche.

Un faisceau lumineux lui fouette alors le visage en un aller et retour vertical. Une voiture a débouché de la piste pourtant réservée aux camionnettes d'intervention des sauveteurs. Elle cahote sur la rampe qui descend vers le sable et s'arrête en bas de la pente. Le moteur est éteint. Les feux ne sont pas coupés cependant : ils éclairent l'océan jusqu'aux flots que la barre soulève.

Johann estime que la conduite intérieure qui vient de se garer doit être une limousine. Il ne pourrait en certifier la marque quoique le capot incliné et les appuis de la custode soient assez caractéristiques de la firme Jaguar. Le blason estampillé au-dessus du radiateur lui donne raison : un triangle isocèle retourné, emblématique non pas du sexe féminin, ainsi que Johann se plaît à en fantasmer l'éventualité, mais de la tête du félin.

La porte arrière droite s'ouvre. L'auto est pilotée par un chauffeur. La passagère qui en sort est une femme à la chevelure opulente bouclée de flammes noires. Haute de taille, large d'épaules, cuivrée de peau, elle porte en guise de maillot de bain un short destiné d'ordinaire aux garçons. D'un coup sec vers le haut, elle tire le ruban qui actionne la fermeture Éclair de son débardeur de Néoprène : moulée de la sorte, sa gorge est ronde au possible. Elle extirpe de la voiture de maître une planche de surf. Après avoir refermé sur sa cheville gauche le bracelet Velcro de l'attache, elle trotte jusqu'à l'eau, sa planche sous le bras. L'arène tourterelle boit ses pas un à un.

L'engin qu'elle manie est une amande fuselée, ivoire uniformément, de plus de deux mètres. La surfeuse s'appuie dessus, voilà, pour sauter les premières mousses qui abondent à sa rencontre. Elle s'approche de la digue opposée à celle du haut de laquelle Johann l'observe discrètement. Elle sait qu'à cet endroit mauvais un courant de retrait va l'attirer au large. De fait, dès qu'elle s'allonge sur son instrument, elle est aspirée dans le chenal jusque derrière les lames en formation. Elle opère ensuite un arc de cercle pour se positionner au centre de la zone où les flots commencent à moutonner.

La vague qui s'élève et se creuse dans son sillage l'emporte en douceur grâce à la vitesse qu'elle a atteinte en ramant ferme vers la rive. A peine se sent-elle piquer du nez qu'elle pousse de ses mains sur les bords de son esquif et pose ses pieds entre, repliant d'un coup ses jambes contre son buste. La souplesse d'un chat, c'est la comparaison banale qu'inspire la fluidité du bond à Johann – celle d'un jaguar corrige-t-il aussitôt en son for intérieur, pour obéir à la baigneuse qui n'a pas dû choisir au hasard la voiture qui braque ses phares sur elle.

Elle est debout, droite quand d'autres fléchiraient leur posture pour parer à la chute. Elle glisse à flanc de lame et semble rayer du tranchant de son surf une paroi d'obsidienne. Les eaux géantes s'abattent en formant une spirale qui l'englobe et menace de la happer : l'océan crache son nuage d'écume. En pesant sur son pied avant, elle prend encore de la vitesse et négocie un virage vers la droite pour que l'effusion de mousse la rattrape sans l'absorber. Elle s'étend sur sa planche et attend que la vague la porte jusqu'au sable, comme si après le combat elle permettait à l'océan son adversaire de célébrer avec elle, le temps d'une étreinte, de bouillonnantes noces d'argent.

Elle remonte la plage au pas de course, sa planche sous le bras. Ses cheveux ruissellent sur ses bras et son dos. Elle range son surf dans la limousine puis se dénude en un tournemain. Les pleins de son corps athlétique reluisent comme un bronze patiemment lustré. Elle enfile un peignoir à la blancheur irréelle, s'installe sur la banquette et claque la portière. Le véhicule disparaît en marche arrière.

Au début de sa promenade, Johann n'avait pas de but. A présent, il se félicite de s'être abandonné à cette déambulation qui l'a conduit à la plage du Diable. Soudain, oui, il est heureux d'être éveillé, à Rio, au jusant de la nuit. La femme surfeuse, entrée dans le champ de son guet puis vite ressortie, l'a intrigué au point qu'il se demande s'il n'a pas été sujet à une illusion. La cachaça lui a-t-elle tourné la tête ? Il est vrai que l'alcool ajoute à sa fatigue. Johann, recroquevillé contre un pli du terrain, perçoit les chocs de la mer qui boute la falaise. Avant de s'endormir, il regarde pointer dans le ciel au-dessus de la ville les lueurs du Corcovado, le pic au sommet duquel le Christ Rédempteur, ses bras en béton armé grands ouverts, veille sur les millions de Cariocas.

I

Il va sortir du tunnel de la Pedra Gávea. Son abus de boisson de la veille a effacé tout souvenir de la nuit. Une fois le porche d'ombre franchi, il monte sur le muret qui zigzague au-dessus d'un océan bleu outre-ciel. Comme un gong qui vibre, le soleil émet sa note fiévreuse. L'ombre molle et filiforme de Johann le précède sur le chaos de rocaille éboulée de l'autre côté de la route. Elle semble l'entraîner depuis l'aube, lorsque rentré à sa pension rue Tenente-Marones pour régler son séjour, il a préféré soudain décommander le taxi qui devait le déposer à l'aéroport, et s'orienter à pied dans la direction opposée.

Son sac de toile à l'épaule, il a cheminé vers la sortie sud. Il ne pouvait réprimer en lui la sensation de vertige propre à l'aventure qu'il tente et qui répond, toute proportion gardée, au « lâchez tout » du poète. Les ailes rouges, bleues, vertes des deltaplanes, plumes d'aras essaimées du haut de la Belle Pierre, se posaient une à une au bout de Leblon. Enfarinés par la poussière du sable, des enfants gagnaient quelques réis à démonter leurs armatures d'aluminium.

Plus loin, la plage de la Ferme – haut lieu de drague entre garçons – était déjà populeuse : des sportifs body-buildés lui souriaient en penchant la tête sur le côté comme pour l'inviter à les rejoindre. Johann les ignora et continua de s'éloigner du centre ville en remontant sur l'avenue Niemeyer une file de camionnettes de livraison et de voitures klaxonnantes.

Sur l'anse solitaire de Pepino, il a tout de suite avisé une baraque empanachée d'un bouquet de ballons multicolores où il est possible de se restaurer. Il avait faim et n'a pas tardé à entrer dans ce *Luchenante*. Les pales d'un énorme ventilateur mural, tels les élytres d'un insecte de cauchemar, balayaient en vain le relent des fritures que la gargote propose pour une somme modique. Ici l'on déjeune debout. Johann y a vu le signe que la cuisine préparée n'a pas à tromper son monde, et la garantie d'être servi à la minute. D'ailleurs, si l'on excepte le lecteur d'un journal de sports qui froissait sa feuille en maugréant, il était le seul client.

Derrière le comptoir briqué de frais, une fille bien bâtie l'a salué d'une voix enjouée. *Bom día* à elle aussi. Les ardoises accrochées au mur, dans son dos, affichaient au menu diverses préparations de crevettes. Des recettes provenant sûrement de la région de Bahia car elles sont à base de lait de coco qui est, là-bas, l'assaisonnement vedette : on y prétend même pouvoir manger du sable avec. Une *vatapa* glougloutait dans une marmite, dégageant son fumet de coriandre, mais il avait trop chaud pour en déguster un bol. Il commanda une portion de crevettes aux chayotes. La jeune femme approuva en levant un pouce vers le haut, d'un geste que les Brésiliens de la côte esquissent à tout bout de champ. Elle a sorti deux poignées de crustacés décortiqués d'une boîte en plastique, puis les a jetées dans une poêle remplie d'huile de palme. Elle a coupé les fruits vert pâle en cubes et les a plongés avec du piment dans le liquide en ébullition.

La fille soutenait son regard tandis qu'il l'examinait en savourant la nourriture qu'elle venait de lui préparer. Sa peau bronzée était grasse, ses aisselles non rasées. Une paire de lunettes de soleil relevées maintenait vers l'arrière ses cheveux coiffés rasta. Sur son visage, un nuage de taches de rousseur – son corps est-il aussi uniment pointillé ? Il se demanda encore si l'expression « officier de bouche » qu'il lui aurait volontiers appliquée continue d'être en usage auprès des cuisiniers.

Elle s'approcha de son plat et saisit avec les doigts une crevette écarlate qu'elle mâcha ensuite, tout sourire. Johann crut déceler un piquant nouveau, plus fort que celui du piment, dans son plat. En se servant, elle lui aura fait goûter à elle.

Férias? C'est cela, en vacances, si l'on veut. Une conversation allait s'engager mais il n'avait pas envie de s'expliquer. Quelques mots lui auraient peut-être permis d'accéder à l'intimité de la belle, et même – sait-on jamais – de la renifler dans l'obscurité comme il en avait eu le désir à l'instant où il a entrevu la pilosité de ses bras. Mais non, il n'avait pas à se confier. Il préféra payer et se retirer.

Quand il est sorti du boui-boui, l'homme au journal est passé derrière le plan de travail et a embrassé la fille qui a lancé une ultime œillade à Johann. Ainsi parfois, certaines femmes lui laissent entendre qu'il a un destin dans les scenarii qu'elles élaborent à l'insu de leurs maris ou amants. Il n'y voit pas le moindre inconvénient et ce matin, plus que jamais, on peut disposer à volonté de l'idée qu'on se fait de lui.

Au débouché du tunnel, Johann hésite à faire de l'autostop. Il n'a pas le début d'une idée quant à la région qu'il veut rallier. S'éloigner de l'équateur en amont de quoi l'Europe se profile, telle est la seule option inscrite à son programme. Sans exagérer, on peut dire qu'il se croit dans la peau d'un fugitif. Son coup de tête matinal ne correspond-il pas à ce qu'on appelle une échappée belle ? En tous les cas, sa disponibilité est complète depuis qu'il a pris le parti de vagabonder.

Le soleil chauffe le bitume et torréfie la terre. Un pont avec arche centrale endosse la route au-dessus d'un estuaire dont les eaux sont jaunes comme sont jaunes les yeux des crocodiles. Ce bras de mer marque une frontière naturelle au débord de laquelle se déploient les grands ensembles de La Barra da Tijuca, le dernier quartier huppé en date, semblable à une sierra de tours surgie le long des plages. Les voitures se déplacent maintenant à grande vitesse. Il prend à main droite la voie peu carrossable d'une piste de gravier qui s'enfonce entre les arbres.

La forêt à galeries couvre les collines que la propagation des bidonvilles n'a pas réussi à déboiser. La canopée est si haute qu'on ne distingue d'en bas ni les fleurs ni les feuilles. Elle couvre une pénombre brisée de formes vagues. Le sous-bois n'est pas aussi vaste qu'il l'a d'abord estimé : au détour de l'ample arc de cercle que trace son chemin, à la lisière de l'humide voussure, l'espace s'ouvre sur un pré qui s'étend jusqu'au périphérique dont il a voulu s'éloigner. Au milieu des herbes hautes se dresse une demeure encadrée de dépendances. Les volumes de l'édifice, la disposition rectangulaire de son corps de logis et de ce qui pourrait être l'étable et les écuries donnent à penser qu'il s'agit d'une ferme. Au premier plan, la grange à triple travée dont le couloir médian dessert d'un côté le grenier de l'autre le fenil confirme qu'il s'agit bien d'une ancienne exploitation.

La propriété est en partie enclose de murailles au-dessus desquelles pointent les toits de la maison forte et des appentis. Un grillage empêche les incursions dans le pré qui sépare les bâtiments d'habitation de la grange. Bien que Johann ne se soit pas aventuré près du saut-de-loup qui entoure la ferme, son passage lève soudain un orage d'abois. Il s'écarte d'un bond du rempart d'où fusent les cris. Un chien a d'abord lancé l'alerte que Johann a prise pour une attaque en règle, puis d'autres ont répondu crescendo avant de hurler ensemble comme un chœur en furie.

En façade, le portail ouvert est une palissade d'acier qui coulisse par commande électrique. Avec une méfiance que la meute a mise en éveil, Johann pénètre dans la cour carrée qui relie deux pavillons latéraux à une annexe. Des voitures-fourgons blanches sont garées en épi. Les locaux ont été restaurés ; la ferme n'en est plus une. Son regard achoppe sur le logo rouge qu'arborent les portières des véhicules de service. Le profil stylisé d'un berger allemand est inclus dans un cercle qui enferme aussi les trois mots CAO DE GUARDA : il est entré dans une société de gardiennage.

Il s'apprête à revenir sur ses pas quand, à sa gauche, un Noir sort du bâtiment principal. Il porte un tee-shirt gris et un ample pantalon bleu marine, genre treillis de soldat, serré dans des brodequins de style ranger dont les sangles doubles sont détachées. Le vigile *de repos* lui demande qui il est, ce qu'il veut, puis dans la foulée, jetant un œil sur son sac de voyage et se mettant à sourire, répond aux questions qu'il vient de poser sans laisser à Johann le temps de réagir. « Mais vous devez être le nouveau maître-chien. Vous deviez arriver dans un mois. Que s'est-il passé ? Je m'appelle Cicero, Cicero Pachaco Ribeiro, je suis votre second, on a dû vous parler de moi. »

Johann comprend suffisamment le brésilien pour deviner de quel ordre est le quiproquo. Pourtant, il ne bronche pas. Il écoute son interlocuteur sans le détromper. Quelque chose lui impose de se taire, une injonction intérieure parente de son revirement du matin, quand il a tourné le dos au taxi, à l'aéroport, à sa vie à Paris, à ses projets d'écriture, et qu'il est parti à l'aventure.

Cicero lui a pris son havresac des mains et le précède dans la maison. Il veut, dit-il, lui montrer la chambre qui lui est destinée. Johann, subjugué par sa propre passivité, s'efforce de déduire le sens général des mots qu'il ne saisit pas entièrement. Mme Moriarmé, Moraíme peut-être, *a directora do domínio*, la directrice du domaine, sera de retour dans une semaine. La moitié des hommes est en mission ; la relève dort au rez-de-chaussée ou entraîne les chiens sur le terrain d'exercices.

Au premier étage, Johann traverse une chambrée dans laquelle est disposée une dizaine de lits jumeaux métalliques. L'aménagement des lieux évoque la caserne et il n'est pas étonné lorsque Cicero le laisse dans une pièce au confort spartiate, dépouillée comme l'est la cellule d'un prisonnier ou celle d'un anachorète, afin qu'il puisse se rafraîchir et s'installer.

Dans le cabinet de toilette, le miroir au-dessus du lavabo a été dévissé. Reste son empreinte pareille à une fenêtre murée. Johann se lave les dents – il n'avait pu le faire au sortir de la baraque de l'aguichante serveuse. Il retire ensuite une bouteille d'eau minérale du petit réfrigérateur. Les rayons et les compartiments de l'appareil sont remplis de flacons de whisky et d'une cachaça de bonne marque, Velho Barreiro. Son prédécesseur en usait-il ou bien les laissait-il s'entasser sans y toucher ? Johann tâche de se reprendre : il ne succède à personne, l'oublierait-il ? Il est temps de mettre un terme à la plaisanterie, ne serait-ce que pour ceux qu'il offenserait de son bluff. Ce rappel à l'ordre ne porte guère. Aussi mal à l'aise qu'il soit dans le rôle de l'imposteur, un soulagement accompagne son embarras.

Dès qu'on lui a parlé en s'adressant à une personne qu'il n'est pas, il s'est senti plus léger comme si, entré dans le domaine Cão de Guarda grâce au seul sauf-conduit du hasard, il lui avait été donné d'y renaître. Au nom de quoi devrait-il interrompre une situation à ce point grisante ? Pour le moment, on ne peut lui reprocher que de mentir par omission. Il attendra que tel ou tel, Cicero au premier chef, s'aperçoive de la méprise. Il alléguera sa mauvaise intelligence de la langue : il était en effet en quête d'un boulot dans les environs et n'aura pas compris qu'on lui affectait le poste d'un autre.

Johann a accepté de faire le tour du propriétaire avant que le jour tombe. Puisqu'il est censé savoir de quoi on l'entretient, il s'efforce de jouer le naturel en dissimulant le mieux possible le soin avec lequel il recueille les commentaires de Cicero. On croit qu'il découvre son nouveau lieu de travail alors qu'en réalité il apprend tout d'une profession qui lui était – il y a deux heures encore – rien de moins qu'étrangère.

Le chenil est coupé en deux zones. Le carré de l'entrée, intitulé le secteur sale et l'autre, le secteur propre, qui jouxte le premier et que la grange clôt. Cette séparation doit viser à réduire la diffusion des germes inhérente à tout élevage. Le secteur sale regroupe les sites où les visiteurs sont autorisés à circuler. Cicero avance au milieu de la cour et tourne sur lui-même en pointant son index sur les installations en question. Il désigne la caserne, la cuisine consacrée à la préparation de la nourriture des chiens, la réserve, le local de saillie, le réduit de toilettage, la fosse à lisier.

Ils passent ensuite au secteur propre et rejoignent le terrain d'exercices, le *ring*, sur lequel trois hommes appellent au pied leur chien. Derrière eux, une dizaine de molosses rugissent de plus belle. Mitoyennes avec le local de saillie, le réduit de toilettage et la réserve, les anciennes écuries ont été transformées en un département de box individuels pourvus de niches et de cages, qui débouchent sous un étroit préau commun. Le sol en pente permet aux chiens de rester au sec lorsqu'on évacue à grande eau leurs déjections vers un caniveau de collecte. Les portes à double battant facilitent la surveillance sans déranger l'animal. Des plinthes arrondies évitent l'accumulation de la crasse. Les gamelles d'eau et d'aliments sont ajustées à des supports surélevés pour éviter qu'elles ne soient renversées.

L'aire d'entraînement est un pré de cinquante mètres de long sur trente de large. Cicero précise avec fierté que la pelouse choisie provient de la jardinerie qui fournit le stade de football de Maracaña : sa pousse est régulière et elle résiste aux piétinements. La grange a été aménagée en une sorte de lazaret où certains chiens sont mis en quarantaine pour des raisons sanitaires ou de sécurité, quand ils ont fait montre d'une violence incontrôlable. Au pied de l'ancien grenier, le prétendu impétrant remarque les prémices d'un ouvrage de maçonnerie : des briques, des bassines d'argile réfractaire sont proprement alignées. L'exploitation se dote d'un four qui traitera les cadavres d'animaux promis à la crémation.

Johann ne pose aucune question. L'homme de l'art qu'il est supposé être connaît son métier et ne peut qu'avoir été mis au courant du fonctionnement et des caractéristiques de la société qui l'embauche. Quand Cicero fait l'impasse sur un détail qui a son poids, il est contraint pour éviter que ne soit mise à mal sa crédibilité de se forger une opinion par lui-même. Et d'abord, quelle est la race à laquelle appartiennent les gros chiens de garde qui l'entourent sur le terrain d'entraînement et dans les box ? En dissimulant son appréhension, Johann s'approche des trois qui le fixent, impassibles près de leurs instructeurs. Il a conscience que, par ce simple geste, il officialise son statut de supérieur aux yeux des employés. Il chasse de son esprit docile ce qui pourrait devenir un scrupule et se concentre sur la colle à lui posée par le sort.

Avec leur robe noire marquée de roux à la gueule, au poitrail, aux pattes, les chiens semblent vêtus de nuit et de feu. La robustesse de leur ossature, que gaine une musculeuse enveloppe de chair, dégage une impression de puissance d'un autre âge. Du plus flou des connaissances de Johann surgissent des noms d'espèces canines. Ils défilent en lui, pareils aux cibles en carton que le tireur des fêtes foraines doit déquiller d'un tapis roulant. Dogue, doberman, staffordshire ? Il n'y est pas, la mâchoire ici est large, l'oreille est tombante attachée haut, la ligne dorsale droite et vigoureuse, le crâne massif. Boxer, schnauzer ? Non, les gencives sont blanches, les crocs se ferment en ciseau, les yeux ont le brun du sang séché. C'est cela : rottweiler.

Johann a souhaité la bonne nuit à Cicero. A demain, neuf heures. La fenêtre de sa chambre est ouverte. La brise berce la houppe sombre des palmiers sous un ciel de cobalt, les lumières des voitures fuient sur le périphérique. La fatigue lui pèse. Il ne l'aurait pas cru, ce matin, l'oracle qui lui aurait prédit qu'il se coucherait maître-chien à Rio. Il s'allonge et s'amuse du concours de circonstances qui lui offre de faire faux bond à sa vie. De nouveau il se promet de tomber le masque avant d'être confondu. Combien de temps, encore, ce jeu de dupes ? S'il parvient – il peut rêver – à camoufler sa complète ignorance au sujet de sa pseudo-profession, à surmonter sa peur des rottweilers – un détail –, Cicero l'en a informé : la directrice revient dans une semaine. N'auraient-ils échangé qu'un contact téléphonique, elle ne manquera pas de découvrir qu'il n'est pas l'homme qu'elle a engagé. Sept jours donc, car chez lui, seules les Encyclopédies du Cosmos constateront sa disparition, et le connaissant elles ne donneront pas l'alerte sur-le-champ. Il s'endort en mesurant combien sa solitude est grande là-bas, et ce « là-bas » paraît si lointain qu'il se fond avec le passé.

Le plafonnier s'est allumé tout seul. Sa montre, enfouie la veille sous son matelas par réflexe de voyageur prudent, indique huit heures trente. Il rassemble ses esprits pour évaluer le mauvais pas – ce sont ses termes – dans lequel il s'est fichu hier. La société de gardiennage, le poste qu'il occupe en lieu et place d'un autre, les chiens et les hommes sur qui il devra exercer une autorité usurpée aussitôt cette porte franchie, tout cela le dépasse un peu. Vite cependant, il se reprend. Son origine étrangère demeure son atout majeur si d'aventure il doit excuser sa méprise et couper court à la partie de poker menteur à laquelle il se livre en secret. Pour appuyer sa protestation de bonne foi, il pourra toujours témoigner d'une pointe d'idiotie que son portugais approximatif aura assourdie avant que de la rendre criante.

Lorsqu'il passe par les chambrées désertes pour rejoindre l'escalier et descendre au réfectoire, des effluves de suint, d'haleines lourdes et d'on ne sait quel remugle des corps agressent ses poumons. La vapeur grasse que crachent au ras des rues les lucarnes des laveries d'hôtel ne saute pas autrement au visage. Combien d'années doit-on vivre ici pour s'habituer, et mêler son odeur à ce fumet de mâles rustauds ?

Les cheveux encore mouillés par la douche qu'il vient de prendre dans son cabinet de toilette personnel – privilège dû à son rang –, il se sert une tasse de café et déambule au rez-de-chaussée. Il entre dans le bureau frappé d'une plaquette de Bakélite rouge, *SECRETARIA*. Un Noir en uniforme se lève de sa chaise et claque les paumes de ses mains sur les coutures de son pantalon, selon le code militaire apparemment en vigueur au domaine. Johann le salue à son tour, recourant à une simplicité qu'il estime être de bon rapport avec le respect outré qu'on lui manifeste.

Son regard scrute les chemises et les classeurs empilés sur les étagères, les documents qui entourent l'ordinateur. Il glane tout renseignement pouvant l'éclairer sur la marche de la société et son personnel. Au mur, un diplôme sous verre certifie que la municipalité de Rio de Janeiro accorde à Magalheís Moraíme le droit de diriger Cão de Guarda. A côté, un tableau que quatre punaises fixent à hauteur d'homme attire son attention. Le planning – voilà un indice de choix – est tracé au feutre sur une surface plastifiée. Il précise l'emploi du temps des équipes formées de deux ou trois agents cynophiles qui se relaient nuit et jour, sept jours sur sept. Johann supposait qu'une action de surveillance doit couvrir des parkings, des centres commerciaux, des banques, des usines. La lecture du calendrier lui apprend que la société a pour clientèle unique des ensembles résidentiels de La Barra da Tijuca. Ces condomínos sont groupés entre l'océan et le lac Marapendi aux rives circulaires et aux eaux si opaques que Johann, en le voyant la première fois, s'était dit que la nuit devait s'y lover pendant la journée.

Pour traverser le quartier de la cour, il mime un air d'importance. D'instinct, exhiber une haute préoccupation lui a paru être la manière la plus assurée de ne pas trop prêter le flanc à un éventuel importun. D'une part on ne viendra pas l'interroger – le tester, présume-t-il – avant d'y réfléchir à deux fois, d'autre part sa solennité sied aux responsabilités qui sont les siennes. La distance qu'impose sa mine sérieuse le protège et le conforte dans son rôle.

Lorsqu'il retrouve Cicero de retour de la réserve où l'on stocke des barils de croquettes en quantité et les sacs d'oreilles de porcs et de panses de bœuf séchées qu'on donne en friandises aux chiens, il constate qu'un détail dessert la vraisemblance de son numéro de général en campagne. Il s'enquiert auprès de son nouveau second – le premier qu'il ait jamais eu en définitive – où l'on pourrait lui trouver les vêtements standard que chacun revêt ici. Son costume de ville – tee-shirt, jean et espadrilles – n'a plus lieu d'être porté.

Les chemises à épaulettes, les pantalons avec poches latérales sont rangés sur les rayons du vestiaire. Cicero est d'avis que ses mensurations et celles de Rubem Laus – tel est le nom de celui qu'il remplace – sont les mêmes. Johann s'observe, rhabillé, dans l'image que reflète la vitre de la fenêtre. En effet, il n'est pas jusqu'aux gants de cuir, sans doute usé sur les boucles des longes, qui ne soient à sa taille. *Que sorte !* s'exclame Cicero, toujours hilare. De la chance, peut-être. Ses pieds en revanche sont plus forts, et il demande qu'on lui apporte une paire de bottes pointure 44. N'entre-t-il pas dans ses prérogatives de mettre ses subalternes à contribution ?

Comme il s'apprête, chaussé de neuf, à quitter la pièce, il décide d'aller au bout de sa logique et de s'approprier tout ce qui appartint au dénommé Rubem Laus : il prie Cicero d'ouvrir le casier de ce dernier. 333 est le numéro du compartiment, vide à première vue. Johann en sort pourtant une espèce de ceinture qui se déroule jusqu'au sol d'un hoquet de poignet, pareille à une langue-de-belle-mère jaillie hors de sa main. Le visage de Cicero respire la gêne tandis que son supérieur l'interroge du regard. Ce n'est rien, certainement, mais il tient tout de même à comprendre. Voilà, il s'agit d'une coutume indienne tupinamba : les hommes qui désiraient accroître le volume de leur membre viril l'emmaillotaient et le congestionnaient dans ce ruban vénéneux, une peau d'anaconda, qu'ils portaient des mois durant. Si les origines indigènes de Rubem Laus n'étaient pas flagrantes, il relevait – sans discussion d'après Cicero – de la catégorie des *chauds lapins*, versant dans des excès où l'accompagnaient plusieurs de ses sous-ordres. Cicero reconnaît avoir été du quatuor des débauchés mais il ignore si le meneur a été congédié à cause de ses écarts. Un matin le maître-chien avait vidé les lieux, c'est tout ce qu'il peut dire.

La passation de pouvoir s'achève quand Johann hérite du porte-clés de Laus dont le trousseau est le seul, avec celui de Doña Moraíme, à ouvrir toutes les portes du domaine. Il referme d'ailleurs en personne le casier 333, sans plus penser à la peau d'anaconda qu'il a glissée au fond de sa poche en écoutant Cicero.

Le domaine, ainsi que La Barra et le terrain de golf d'Itanhangá, ont été construits sur d'anciens marais. L'océan n'y diffuse pas en permanence son murmure d'air iodé. Il arrive qu'une moiteur de mangrove reprenne ses droits, comme au temps où le sol n'était pas assaini et que l'empire des marées envahissait les vasières et les herbus, au creux tiède du continent.

Ce matin, une atmosphère de chambre de malade pèse partout de son poids de fièvre. Cette chaleur fait éclore les larves et un nuage d'insectes prolifère dans les locaux. Johann observe l'un des préposés à la maintenance qui déroule jusqu'à la porte des douches du personnel un tapis de pétales rouges, une brouette remplie de fleurs coupées.

Johann compare la sensation d'avoir à déchiffrer à chacun de ses pas les mœurs et les objets en usage à celle que procurerait un subit retour à l'enfance quand il faut s'acclimater au monde des adultes. A la réflexion, il lui paraît plus exact d'apparenter son sentiment au qui-vive de l'espion – venu du froid, en effet – soumis à la menace de voir sa couverture taillée en pièces s'il n'a, pour en serrer la trame, grappillé des informations à la barbe de son entourage.

Il ne peut s'atteler au travail avant d'avoir saisi en quoi il consiste. Il doit cependant agir sous peine de jurer au milieu de l'affairement général. Le four en construction a l'avantage d'être un projet dont il est possible de superviser la réalisation en gardant les dresseurs dans son collimateur. Il délègue Cicero pour mettre deux hommes supplémentaires à l'ouvrage et se dirige vers la grange où les bêtes recluses hurlent régulièrement à la mort alors que les rottweilers des box, les élus du chenil, ne donnent de la voix que sur ordre.

Ils sont cinq à bâtir le lugubre édifice. L'un d'entre eux, spécialiste des crématoriums utilisés dans l'industrie agroalimentaire, vient du centre ville. Ses compétences sont nécessaires à la mise en place du système d'incinération au gaz, mais en ce qui concerne le montage en lui-même, la maçonnerie de la voûte sur la rotonde, l'enduit de chamotte, la pose du cœur et des contre-cœurs, les gens d'ici ont la main. Ils manœuvrent torse nu, sans faiblir, et apportent la touche finale à la phase de fumisterie en vissant le carneau. Fumisterie, marmonne Johann qui suit du coin de l'œil les deux molosses à l'entraînement.

Au premier plan, le chien est jeune, moins d'un an.

Les exercices auxquels il est soumis visent plus à le dégrossir qu'à affûter son instinct de défense. Il sait marcher, trotter, courir à côté de son maître sans lui toucher la jambe de la gueule ni le dépasser. Il obéit aux commandements élémentaires : *Sentado*, *Deitado*, *Não se mexa*. *Halt!* n'est pas prononcé en brésilien : les dompteurs de fauves ne s'adressent-ils pas tous à eux en allemand ?

L'instructeur s'éloigne et oblige son chien à se tenir assis. Ce dernier fait mine de vouloir le suivre, tremble un peu et se balance sur une patte avant puis sur l'autre. Lorsque son maître disparaît derrière une palissade de saut, l'animal déploie de grands efforts pour ne pas se lancer à sa recherche. L'exercice est reconduit, rottweiler couché cette fois. Son maître lui impose la position en sphinx et non celle des vaches qui replient leurs pattes sous elles : il lui faut à tout instant être paré à l'attaque.

Plus loin sur le ring, un instructeur associé à un figurant cultive l'instinct de proie et le mordant d'un chien adulte. L'homme d'attaque est costumé d'une salopette matelassée. Un manchon en toile de jute que rembourre une épaisse gaine de cuir protège son bras gauche. Il empoigne de la main droite un bâton flexible constitué de trois ou quatre joncs reliés entre eux. Il gesticule et menace le maître qui tient son chien au collier. L'animal tire et montre ses crocs en retroussant des babines au rouge transparent de triton. Il aboie, se rue sur l'assaillant quand il en reçoit l'ordre – *Rudy*, *Ataque !* –

et mord la manchette qui s'effiloche comme une chaise crevée. Tout porte à croire que le chien – une bête de soixante kilos – briserait le bras du figurant si celui-ci n'était bardé. Dès que son conducteur le somme de lâcher prise, il obtempère, ignorant même la légère bastonnade que l'agresseur qui sue à grosses gouttes lui inflige encore sur les flancs.

Le four est terminé à la nuit. Les manutentionnaires et les patrouilles en partance se retrouvent dans le réfectoire qu'une odeur de riz brûlé imprègne. On se bouscule un peu pour le rab de *feijoada* et nombreux sont ceux qui mâchouillent les écorces d'orange noires de sauce bien après en avoir extrait le goût.

L'heure du dîner de ceux qui prennent la relève – dix-huit heures – semble être un moment de paix plutôt joyeuse. Le ton taquin des plaisanteries évoque l'ambiance d'une brigade de gendarmes en stage de formation assommés par le *plein air* de l'après-midi. Les conversations tournent autour des résultats de sport ou bien s'échauffent à propos de telle actrice de feuilleton télévisé – les yeux vert aspic de Maitê Proença – dont le jeu frise la pantomime chaque soir à la même heure.

Johann s'est installé en retrait. Il consulte les registres que Cicero vient de lui apporter. Ces mains courantes, que les équipes remplissent au retour de chaque mission, sont tenues à l'attention de la police. L'écriture n'étant pas le fort de la plupart des vigiles, Cicero transcrit dans un style télégraphique les rondes qu'on lui relate. Pas un jour qui ne soit marqué par un incident ou une altercation. Au fil des pages il apparaît que, pour l'essentiel, il incombe aux gardiens de faire déguerpir les gosses descendus des favelas. Sous couvert d'être cireurs de chaussures ou vendeurs à la sauvette de colifichets, ils s'immiscent dans les quartiers privés pour y rafler ce qui peut être revendu – bouchons de réservoir d'essence, jantes, rétroviseurs de voitures, tapis d'escalier, tableaux et bibelots décorant les halls d'entrée, luminaires… – et surtout pour procéder aux repérages nécessaires aux cambriolages que leurs aînés projettent d'accomplir. Ces commandos en culottes courtes, ou presque, s'éparpillent dans les blocs à la recherche de renseignements. Ils notent quels systèmes d'alarme sont utilisés ; ils enregistrent la disposition des caméras de vidéosurveillance, au besoin ils les endommagent ; ils recensent les domiciles dont les propriétaires s'absentent régulièrement et dressent l'emploi du temps de tous. Les risques de vol sont multipliés le week-end, les jours fériés, lors des congés scolaires, car les propriétaires qui résident en ces zones sécurisées partent en villégiature.

Il se peut que l'un de ces gamins soit armé d'un couteau. Dans ce cas, les rapports de Cicero sont formels, les vigiles lâchent les chiens. En revanche, si l'enfant brandit un revolver, il n'y a rien à entreprendre. Les agents n'ayant le droit de suspendre à leur ceinture qu'une matraque, une paire de menottes, une bombe aveuglante, une torche électrique et un talkie-walkie, il leur reste à espérer que le petit n'est pas drogué et qu'il conservera son sang-froid.

Le plus grand danger qu'ils encourent n'est pas le fait de ces bandes d'indicateurs ; il provient des déséquilibrés aux abois qui surgissent arme au poing dans les parkings, aux feux rouges des croisements, à la sortie des secteurs retranchés prêts à tuer pour un butin de porte-monnaie. Les mains courantes révèlent que ce type d'agression est fréquent ainsi que les tentatives réussies ou avortées de kidnapping, qui font désormais florès à La Barra : la demande de rançon est plus sûre et plus lucrative.

Johann a conscience que ces cahiers ne reflètent qu'un aspect de la réalité. La complainte des gavroches de Rocina ne s'y fait pas entendre, ni les abus que les gardiens – semblables en cela à tout individu investi du moindre pouvoir – ne doivent pas manquer de commettre sur les personnes qu'ils ont neutralisées. Il lève la tête sur ces hommes – sur *ses* hommes – et ne perçoit plus seulement la verdeur beauf des propos qu'ils échangent. Il ressort de sa lecture une impression de violence pérenne, la découverte d'un front à La Barra où il n'est pas impensable de rester sur le carreau – un crêpe noir endeuille quatre portraits photographiques à l'entrée de la maison forte en mémoire de quatre vigiles fauchés en service –, et la camaraderie de corps de garde qui animait le réfectoire jusqu'alors n'est plus exempte d'une inquiétude de fond comme doit en engendrer toute veillée d'arme, aussi routinière soit-elle.

Au lever, la nudité bleue du ciel augure de températures supérieures aux normales saisonnières. La canicule est annoncée, et pour Johann c'est bien le mot : en janvier ici, comme à la fin du mois d'août dans l'hémisphère Nord, les chiens accusent le coup sous un climat torride. Sujets à des réactions imprévisibles, ils donnent libre cours à une brutalité dont on ne devine pas les bornes, comme si leur sang porté à ébullition redevenait celui des loups leurs ancêtres.

Dans la cour carrée les hommes conduisent leurs « rotts » en laisse courte et muselés. La chaleur rend pénible le port des muselières de frappe, car leur cuir épais et leur coque renforcée incommodent la respiration. Elles permettent à l'animal de percuter un agresseur bille en tête, à la façon des requins qui attaquent un orque ou un épaulard, mais elles tiennent diablement chaud. Aujourd'hui pourtant la prudence les rend obligatoires : l'œil fixe et la fébrilité des chiens trahissent leur soif de carnage.

Les animaux placés en quarantaine doivent avoir plus chaud encore. Johann n'est toujours pas entré dans la grange. Il se dit qu'il offrirait le spectacle d'un dirigeant attentif s'il poussait la conscience professionnelle jusqu'à s'enquérir du bon traitement des chiens bannis. Pour une fois Cicero ne le seconde pas : il se débrouillera seul. Il cherche dans son trousseau la clé ouvrant l'accès au local. Elle doit être grande : la gâche dans laquelle s'engage le pêne est d'un modèle ancien. Le mécanisme cliquette et la porte s'ouvre sur une salle où les cages d'un mètre cinquante de hauteur sont les parois d'un labyrinthe de grilles.

Une volée d'aboiements rauques s'élève. Le dépôt est propre, son carrelage est sec. L'air est renouvelé grâce à un mécanisme de ventilation ménagé dans l'embrasure de deux fenêtres, sous les noues biaises de la charpente. Aucune aération ne saurait toutefois venir à bout de l'odeur des chiens qui pénètre les vêtements et qui rappelle le vestiaire à l'air saturé par la présence constante de patrouilles en nage.

Pas un rottweiler n'est détenu. Johann reconnaît des boxers et des bergers allemands. Deux caniches joignent leurs jappements à la vocifération. Tous ces chiens n'appartiennent pas aux effectifs de la société : en marge de son activité de gardiennage, celle-ci assure sans doute une fonction de fourrière.

En matière de chiens, Johann ne connaît pas grand-chose. Il sait certaines légendes qui font de cet animal de compagnie le symbole d'une fidélité à toute épreuve : le chien de Mozart, seul à suivre l'enterrement du musicien ; le chien de Montargis qui venge son maître assassiné ; celui de Job restant auprès de lui quand tous l'ont quitté ou encore celui d'Ulysse premier à le reconnaître à son retour. Il imagine l'ascendance des rottweilers, ces dogues de guerre que les Romains envoyaient semer la panique dans les rangs barbares, ceux qui menaient les troupeaux à l'arrière des légions en marche afin d'assurer leur subsistance, molosses voués aux combats de gladiateurs après la conquête ou bien à porter la recette des bouviers par les forêts.

Au-delà de l'anecdote, il n'a qu'une idée vague des lois qui régissent leur comportement et ignore l'essentiel des principes de leur dressage. Il se souvient cependant d'une chose quand, après avoir inspecté la quarantaine, il observe les hommes à l'entraînement et surprend l'un des instructeurs en train de rosser son chien qui refuse de garder un ersatz de sac de voyage. On dit qu'il n'est pas de punition plus sévère pour un chien que d'être pris par la peau du cou et morigéné : l'animal se retrouve dominé par un chef de meute mythique, tout-puissant, et subit une réprimande dont l'impact est plus durable qu'aucun acte de violence.

Oubliant sa réserve de bon ton, le soi-disant maître-chien s'avance sur la pelouse et saisit d'une main le bras qui cogne. Sans un mot, il empoigne à l'encolure le poil ras et luisant de l'animal. Il le soulève et le secoue un instant, si bien que le cerbère semble, pattes avant tendues, engoncé dans un sac d'où seule sa tête sort. Lorsqu'il le relâche, le chien s'assoit gueule basse dans une attitude de soumission. Une dizaine d'hommes viennent d'assister en silence à la démonstration qui lui vaudra dans la soirée un frisson de peur rétrospective : soudain, il n'a plus tenu compte des mâchoires du rottweiler.

A l'heure du dîner, Johann mesure le retentissement qu'a eu son éclat sur la troupe. Il se voit couronné haut dans les yeux de chacun, et le regard de Cicero brille d'une fierté pareille à celle du fidèle supporter qui applaudit son champion médaillé d'or quand tous le donnaient perdant sur la ligne de départ. Il vérifie ainsi avec quelle méfiance on le considérait jusque-là, et qu'il est bon d'en imposer dès lors qu'on ambitionne d'inspirer confiance et respect à des gros bras de l'acabit de ces hommes.

Les rondiers de retour discutent à table d'un cœur plus ouvert. Ils parlent devant lui d'habitants de La Barra qu'ils ont fini par identifier : M. Nassar, colonel en poste sous la dictature Médici ne peut s'empêcher de saluer cinq doigts sur la tempe lorsqu'il croise l'un de leurs uniformes bâtards ; les Pellegrini louent une quatrième place de parking Villa Rainha pour y garer leur dernière acquisition, une voiture de sport si basse de caisse qu'elle touche les bateaux des trottoirs ;

Mme Felinto a ouvert à deux agents aujourd'hui – s'il en perçoit le fond salace, Johann n'appréhende pas le détail de l'événement. Cicero note dans la main courante que les enfants des taudis se sont mis à empoisonner de mort-aux-rats les barres des rampes d'escalier qu'ils savent être léchées par les chiens les jours de grosse chaleur.

Le cuisinier a préparé un *caruru* riche en oignons. Les hommes boivent sec. Les canettes de bières vidées sont empilées en pyramide pour un tintinnabulant jeu de massacre. Les uns et les autres pérorent, se contredisent, s'échauffent. On est loin de La Barra, des coups de feu de cet après-midi devant une bijouterie de Fashion Mall où un convoyeur de fonds a été descendu. A moins que cette excitation n'ait d'autre raison d'être que de libérer la nervosité surie du service. Les hommes n'ont droit qu'à une permission par semaine pour se défouler en virée ou rejoindre les leurs.

Tout à la hâte de renforcer les bonnes dispositions du personnel à son égard, Johann se rend dans sa chambre et rapporte au réfectoire quatre bouteilles de cachaça. Une seconde, il a craint de commettre un impair mais les *Hurra!* qui l'accueillent le rassurent aussitôt. Ils lui confirment que son prédécesseur devait faire de même.

On va chercher d'autres bouteilles. Johann n'a pas le coffre de ces hommes ; il se sent ivre. Sa mémoire lui reviendrait-elle à présent qu'il se trouve dans l'état d'ébriété qui l'a vu s'effacer sur le rocher de l'Arpoador ? Non, le voile ne se lève pas sur cette nuit confuse, et comme il risque de se trahir en perdant le contrôle de lui-même, il juge plus prudent d'aller se coucher.

Les jours suivants, Johann goûte une sérénité inédite. Il ne redoute plus le faux pas qui dénoncerait son imposture. Aux yeux de tous, il a fait ses preuves. On affirmerait aux gens du domaine qu'il a trompé son monde, ils crieraient à la calomnie. Désormais, les seuls à pouvoir le confondre sont Mme Moraíme – mais il aura disparu avant son arrivée – et les chiens. Johann est sûr que les rottweilers pourraient flairer son mensonge, mais il compte sur la méthode Coué pour avoir raison de leur sixième sens : il est le nouveau maître-chien, un point c'est tout.

La vie recluse qu'il mène lui convient. Il récupère, comme on le dit d'un convalescent ou d'un truand qui s'est mis au vert. Certes, lui qui a travaillé pour éviter le service militaire vit aujourd'hui en vase clos en compagnie virile. Mais il est simple ici d'oublier Laurane ou d'échapper à *l'air du temps* de chez lui, qui désodorise mais n'oxygène pas, selon ses termes, et ce côté retraite des lieux éclipse le désagrément de la promiscuité.

En découvrant le domaine, il lui avait paru que tout y répondait à une urgence tacite. Bien qu'il sache maintenant à quels dangers sont exposés les hommes, il est revenu sur l'impression d'agitation qui lui avait d'abord semblé être le régime auquel tourne la société. A bien y regarder, chacun accomplit sa tâche à un rythme métronomique, jour après jour, et la torpeur, la somnolence vont de pair avec ces habitudes.

A l'heure des repas, un léger brouhaha réveille le corps de logis. De temps à autre, les abois de la quarantaine ouvrent une brèche dans l'air appesanti de chaleur. Comme aux soirs de pleine lune, ou de beuverie – Johann a été réveillé la nuit de sa petite intronisation –, ils font passer un vent de folie sur la morosité ambiante. On ne leur prête guère attention à la longue mais s'ils accrochent l'oreille, on entend une crise de rage, des appels à l'aide ou une promesse d'apocalypse, c'est selon. Sans ces hurlements, seuls les ordres des dresseurs résonneraient dans les murs, qui conféreraient au domaine un fond sonore de complexe sportif.

En raison de sa vocation parapolicière, le domaine rappelle surtout une garnison postée en rase campagne, où l'on se replie à heure fixe pour reprendre son souffle, se détendre aux jeux vidéo et panser les plaies des échauffourées qu'occasionne la protection des biens et des personnes dans les quartiers privatifs. On se décrasse au pas de gymnastique. On soigne à l'eau douce les yeux des chiens brûlés à coups de bombes lacrymogènes par les délinquants. On nettoie les box deux fois par jour : grâce à la nourriture fermentescible distribuée, tous les excréments ont un même volume et une consistance qui facilitent l'entretien du chenil.

Pourtant, malgré les exigences de cette vie de caserne particulière, à l'heure de la sieste en début d'après-midi, quand les joncheraies et la forêt font un cercle autour de son rond de silence, un ralenti d'hacienda plombée de soleil gagne Cão de Guarda, et Johann ne s'étonnerait pas de voir soudain ressusciter les ballots de foin, le bétail, les canards en file indienne et la pétarade du tracteur de la ferme que le domaine devait être encore il y a dix ans.

Pour l'instant, rien en haut lieu, pas même un coup de fil, n'a nécessité son intervention au nom de la société. En ce qui concerne les affaires courantes, tout est organisé – Cicero y veille – pour qu'il ne soit impliqué que s'il éprouve le désir de mettre la main à la pâte. Il lui arrive ainsi parfois, pour la forme, d'intervertir l'emploi du temps de deux patrouilles ou de conseiller à un dresseur de laver la longe qu'il manie. Il évite quand même autant que possible ce rôle d'inspecteur des travaux finis.

Le plus clair de son temps, il le passe à arpenter le secteur propre, l'air soucieux sans doute, étourdi de liberté en réalité. Capitaine par défaut – par erreur – d'un navire garde-côte qui marche bien sans lui, il a le sentiment lors de ces promenades de prendre un quart utile à l'équipage requis par ses propres manœuvres. Il glane de la sorte quantité de renseignements au sujet des chiens : de leurs rituels de domination à la prépondérance des signaux olfactifs dans leurs échanges. Il n'est pas fier pour autant d'en savoir bientôt moins sur les hommes qui l'entourent que sur les mastodontes à leurs ordres. Sa position hiérarchique, le malentendu qui l'a institué là et son quant-à-soi le retiennent de se lier trop avec le personnel, sinon à la faveur d'une fiesta d'un soir.

Pendant les heures creuses, ses pas le portent souvent jusqu'au vaste grenier désaffecté. Il s'assoit de profil dans l'embrasure d'une mansarde orientée à l'est. De temps à autre, le vent arrache des cris de mouette à la poulie rouillée qu'une potence maintient dans le vide au-dessus de sa tête. Les minutes ont le poids d'une attente, et c'est comme un dimanche en miniature avant la reprise des activités.

De son poste d'observation, il a vue sur l'avenue Lúcio-Costa – une autoroute – qui file droit au centre de La Barra. Des bolides rivalisent de vitesse en laissant échapper, pareilles à des détonations, les basses fréquences d'autoradios donnant à plein. Le domaine étant situé au centre d'une cuvette qui descend sous le niveau de la mer, l'océan est caché par les rails de sécurité de la voie rapide. Johann devine pourtant sa présence innombrable à la lumière d'or fin qui, au crépuscule, s'élance vers le ciel comme un coup d'orgue inaugural.

Les eaux louches des étiers, la rumeur des vagues – si

semblable à celle de la forêt lorsqu'une invisible main de vent en lisse le feuillage –, la fourrure incendiée des jonchaies, tout ce qui se présente à Johann est prétexte à la contemplation. Il part loin alors, jusqu'au moment où une voiture plus bruyante que les autres le ramène à son quotidien. Au bout de l'avenue, à moins d'un kilomètre, les buildings dressent leurs antennes telle une colonie de fusées sur un pas de tir de galeries marchandes.

La coursive qui longe les box et sur laquelle le service de maintenance se déplace, Karsher en main, pour procéder aux deux nettoyages journaliers, aboutit à l'ancienne sellerie rebaptisée depuis *caixa* – la boîte, le placard – par les gens du domaine. Son épaisse porte de bois est enduite d'une laque rouge flambant neuve. Dépourvue de poignée ou de loquet, on ne l'ouvre qu'avec sa clé, en tirant à soi au moment d'actionner la serrure.

Johann a pris l'habitude de pénétrer dans cette remise où l'on range le matériel de dressage et de surveillance. En s'enfermant dans cette chambre noire – en effet, elle n'a pas la moindre ouverture – il obéit à un inexplicable magnétisme. La silencieuse solitude dont il jouit là durant quelques minutes est de la même étoffe que celle dont on s'enveloppe enfant, à l'abri d'une cachette, quand l'isolement se révèle être un état de prédilection, une sorte de royauté intime. Son attirance pour le réduit n'est cependant pas uniquement due à la possibilité qu'il lui offre de satisfaire ce haut plaisir. Il constate que le simple fait d'être en présence de ces équipements le projette au milieu d'un théâtre de songes où il n'est pas besoin que le rideau se lève pour qu'il ressente le premier, le plus aigu des frissons.

La pièce est cloisonnée de rayonnages sur lesquels on entrepose les instruments du travail cynophile. Les colliers d'intervention, les mâchoires chromées des *torquatus*, les harnais des laisses poignées, les laisses dites « police » dotées de trois position d'attache, les longes d'entraînement multicolores – en corde d'escalade à torons et gaines serrées –, les muselières de fer – d'oblongs paniers à salade qui englobent le museau de l'animal –, les muselières de frappe soigneusement graissées, sont classés dans le halo d'une ampoule nue qui creuse à peine l'ombre.

Des costumes d'attaque, des manchettes et des boudins de mordant s'entassent dans deux coffres en osier. Des bouquets de badines jaillissent de carquois en caoutchouc. Trois combinaisons rembourrées sont suspendues à des cintres comme trois suppliciés crochetés au mur. Sébiles à colle, dents-de-rat, limes à tiers-point, ciseaux, boucles et mousquetons, couteaux à doler, tout un outillage consacré au métier du cuir permet aux hommes de réparer ou même de confectionner leur matériel. D'ailleurs, une laisse *maison* de facture classique est enroulée à l'une des poutrelles étagées sur lesquelles on déposait naguère les selles des chevaux. L'étiquette de cahier d'écolier collée dessous porte le nom de MADAME MORAÍME.

Au dire de Cicero, Magalheís Moraíme sera de retour dans deux jours. Avoir à quitter le domaine déboussole Johann. Il a trouvé ici un havre où souffler et il prolongerait volontiers ce *hors saison* de l'existence. Il s'en ira demain en milieu de journée, l'air de rien, mais ne rentrera pas pour autant à Paris. Il ne se voit pas remarcher dans les pas du couple qu'il a formé avec Laurane. Il ne se voit pas non plus délaisser une cité dans la force du désir pour un continent qui lui semble depuis longtemps s'être désuni, tel le coureur à pied dont la motricité, le souffle, le moral, se sont désaccordés au fil du marathon, transformant l'effort en torture et une foulée alerte en claudication de vieillard. Aussi se considère-t-il moins dans l'état d'esprit du déserteur que dans celui de l'électron libre en quête d'un corps de valence propice à la libération de son énergie. Il fera donc de l'auto-stop sur l'avenue Lúcio Costa et demandera qu'on le rapproche de Salvador, à défaut de l'y déposer. Il est aisé de s'y perdre, paraît-il : les rues ont chacune trois ou quatre noms différents.

La nuit se referme sur lui, lente comme l'eau d'un

bras mort, mais un léger tracas l'empêche de s'endormir : il n'aura donc pas connu Mme Moraíme, elle restera une énigme. Il a tendu l'oreille pourtant, mais pas un de ses hommes n'a émis le moindre commentaire concernant ses façons, sa voix, son physique. Il a simplement appris qu'elle vit dans un appartement en bord de mer sur l'avenue Sernambetiba. Eux si prompts à surenchérir dans la grivoiserie ne se sont jamais laissés aller – devant lui en tous les cas – au sujet de la femme qui est aussi leur employeur. Est-elle trop vieille ? N'éveille-t-elle plus, en tant qu'unique personne *du sexe* au domaine, ce désir dont la frustration est communément convertie en blagues cochonnes ? Ses largesses – grâce à son salaire, chaque vigile nourrit sa famille et les familles des membres de sa famille – lui assurent peut-être la fidélité qu'une garde rapprochée jure à son souverain. A moins qu'une sanction de choc ne menace quiconque l'évoquerait en bien ou en mal. Johann n'est pas loin de rapprocher cette *omerta* de la discrétion qu'impose l'aura d'un gourou.

II

Les chiens ont entendu venir Johann. Leurs maîtres – les trois vigiles qui se tiennent en arc de cercle au milieu de la cour – voient sa silhouette s'encadrer dans la porte du corps de logis. La femme métisse à la mise élégante qui leur fait face avec Cicero se retourne. Quand il comprend, il est trop tard. Pendant un instant, il pense tourner les talons et déguerpir mais tout son être se fige. Une seconde passe qui dure à l'infini comme si, ficelé à un poteau d'exécution, il venait d'entendre le « En joue » du chef de peloton et qu'il attendît sur le pas de sa mort que son cœur fleurisse noir à « Feu ».

Il n'a jamais envisagé que Magalheís Moraíme pût revenir avec un jour d'avance au domaine. A présent, il paie le prix de son inconséquence. Enfin, il devra le payer car pour l'instant la directrice ne réagit pas. Alors que Cicero lui présente Johann en lui faisant l'article, elle sourit, bras croisés. Puis elle lui tend une main dont la poigne brune est ferme, comme creusée dans l'acajou.

Il ne s'appartient plus qu'à peine mais, avec la pointe de bravade dont est capable une forte tête qui n'a plus rien à perdre, il plonge ses yeux dans ceux de celle dont il attend le coup de grâce. Il est vrai que sa myopie le protège de ce qu'il pourrait y lire.

Pareil à l'intrus qui, dos au mur, se figure en un éclair le chemin à suivre pour gagner la sortie, il se remémore l'excuse de la langue à alléguer pour expliquer pourquoi, en débarquant à Cão de Guarda, il n'a pas compris qu'on avait déjà embauché un autre que lui. Mais Johann n'est toujours pas soumis à la question. Il s'en étonne : si Magalheís Moraíme ne bronche pas, c'est qu'elle se joue de lui comme il s'est joué de tous. A moins qu'elle ne fasse pas la différence entre lui et le maître-chien à qui elle a réellement offert un emploi. Cela signifierait que les deux hommes sont homonymes et que, si elle a eu l'occasion de rencontrer le vrai titulaire, leurs physiques prêtent à confusion.

Mais l'éventualité d'un double ne fait pas long feu. Cicero, pour justifier l'arrivée inopinée de Johann, parle d'un probable malentendu avec la firme qui l'a dépêché. Dans un français à l'accent feutré, Mme Moraíme le prie de l'excuser : elle rentre fatiguée de Miami où elle est allée chercher sa fille pour les vacances et souhaite pour l'instant se retirer. Puisqu'elle revient demain, ils auront l'occasion de discuter ensemble : elle a pour Paris un goût particulier. Johann la salue, un peu groggy. Il est stupéfié de n'avoir pas envisagé l'hypothèse qu'une agence d'intérim se soit chargée de recruter celui dont il s'est approprié la situation. Cicero raccompagne la directrice jusqu'à sa Jaguar. La limousine quitte lentement le domaine. Le gravier crisse sous les roues avec une netteté funèbre, un bruit d'os broyés, de doigts maigres que l'on fait craquer.

..

Quand le soleil clame son zénith sur le chenil assoupi, Johann retrouve la quarantaine pour songer plus à fond à celle que les hommes surnomment Doña Chef – il tient cette trouvaille de Cicero. Bien qu'il se méfie de son charisme, il doit reconnaître que Mme Moraíme *en jette*. Sa chevelure noire, comme lourde d'orages, son corps dont il a deviné l'enveloppe juteuse sous la saharienne et le pantalon en sergé de coton, l'expression difficile à cerner de ses yeux sombres, parfois un peu ailleurs, ne peuvent laisser indifférent. Mais ce qui la fixe d'abord dans l'esprit de Johann, malgré le déplaisir qui est le sien d'être sensible au cliché se rattachant à la mulâtresse de légende, c'est l'animalité qui se dégage d'elle, sa luxueuse dégaine.

A l'entrée du local d'isolement, le silence des lieux l'intrigue et interrompt sa rêverie. Les chiens mis au rancart devraient jeter aux murs les abois dont ils l'ont couvert le jour de son arrivée. A tout le moins, si rien ne clochait à l'intérieur, le glissement des griffes sur le carrelage des cages et les cent pas compulsifs des molosses lui parviendraient par les fenêtres d'aération ouvertes à l'espagnolette sous les gouttières. La fourrière est vide et Johann ne saurait l'expliquer. Hier encore, les bêtes exclues s'époumonaient à l'heure crève-cœur du soir qui tombe.

La porte ouverte, l'odeur de détergent partout présente dans les parties propres du domaine lui monte à la tête sous l'effet de la chaleur. Le sol, les grilles ont été récurés. Ses pas résonnent entre les châssis de fer comme ceux d'un maton dans une prison fantôme. Au moment où il va ressortir, un bruit l'alerte. Il fait demi-tour et s'approche d'une niche d'où s'échappe un souffle rauque. Deux yeux brûlants s'allument dans l'ombre. Un berger allemand est vautré sur une couverture imperméable. Johann l'invite de la voix à évacuer son refuge. Comme il ne bouge pas, il saisit le chien par le col pour le dégager de sa couche.

A la lumière du jour, l'animal apparaît mal en point. Ses poils jaspés sont tombés par plaques. La partie inférieure du corps, les oreilles, le garrot, sont rouges et tumescents. A force de se gratter, le berger s'est arraché la peau qui a pris par endroits une teinte de sphaigne. Des pustules grêlent son ventre. Son regard, qu'on dirait ourlé d'un trait de khôl, apitoie Johann au point qu'il ne craint pas de serrer le chien contre lui en un geste de réconfort maternel.

Il plonge quelques secondes ses rangers dans le pédiluve creusé à l'entrée de l'infirmerie. Il est rejoint par le vétérinaire du domaine qu'il vient de convoquer et qu'il reconnaît : il était présent ce matin à l'arrivée de la directrice. L'homme appartient aux auxiliaires de confiance de Cicero, un ancien compagnon de débauche de Rubem Laus. Avant que Johann ait prononcé la moindre parole, il s'excuse et prétend avoir eu l'intention de s'occuper du cas de ce chien souffrant mais en avoir été empêché par un emploi du temps surchargé. L'animal posé sur le plan de travail en Inox couine lorsque son sauveur cesse de le caresser. Le vétérinaire lui conseille de ne pas toucher ce pelage sans protection. Il lui indique le lavabo où il pourra se désinfecter les mains et lui tend une paire de gants en caoutchouc.

Johann, qui voit là une occasion d'en savoir plus au sujet des autres chiens de la quarantaine, se sent assez d'ascendant sur son interlocuteur pour tenter de se renseigner au culot : « Pourquoi n'est-il pas avec les autres ? » Le vétérinaire reste interloqué. « *Vixi !* Ils n'en auraient jamais voulu. Il leur faut des animaux sains. Celui-ci est rongé par la gale. Regardez tous ces parasites. Et ses oreilles, complètement pourries. »

Le vétérinaire sort une seringue de son emballage sous vide et en remplit le réservoir avec le contenu d'une ampoule de verre. « Pour le soigner, il faudrait un traitement à base de bains antiseptiques d'une durée d'au moins quatre semaines. Tenez-le, parfois ils se doutent. » Johann plaque la gueule du chien et son arrière-train sur la table d'opération. Il comprend qu'il participe à une euthanasie quand le vétérinaire procède à la seconde injection qui stoppe les pulsations cardiaques de la bête déjà un peu endormie.

Il y a un quart d'heure, Johann voulait soigner le chien qu'il vient d'aider à piquer et dont il va glisser la dépouille dans un sac-poubelle. Un frisson désagréable le parcourt à fleur d'échine. Il lui semble que *cela aussi* il devra le payer. Sans bien savoir quelles sont les fautes auxquelles s'ajoute ce crime accompli par mesure prophylactique. Le vétérinaire se réjouit : « On va pouvoir inaugurer le four. »

La pression du gaz est enclenchée. Le cadavre est couché sur la civière en métal que l'on fait coulisser à l'intérieur le long des rails télescopiques. On ferme le gueulard. Johann se souvient de la jolie expression, le tour-de-chat, par laquelle les boulangers désignent l'espace d'isolement autour de leur four. Et puis, lorsque l'incinération débute dans un ronflement d'avion au décollage, il pense à ce que lui a dit le vétérinaire. Qui sont « ils », ceux qui n'acceptent que des chiens en bonne santé ?

Il prend peu à peu la mesure de ce qui s'est passé dans la matinée. Lui qui s'était préparé à fuir Cão de

Guarda et sa vie d'emprunt a pour ainsi dire été confirmé dans ses fonctions par Doña Chef. Or, quand il l'a accueilli, Cicero a déclaré que le maître-chien en titre devait arriver un mois plus tard. Sauf incident, l'heure du départ de Johann est repoussée d'autant. Le nouveau délai lui apparaît comme un bonus providentiel; il lui ouvre aussi une perspective aux contours incertains. Certes la compagnie des parapoliciers, la *furia* des rottweilers, La Barra claquemurée face à l'Atlantique le dépaysent assez pour dissiper son vague à l'âme des dernières semaines. Mais le double jeu qu'il mène en continu, prolongé sur une telle période, comporte des risques dont il évalue mal l'ampleur.

Pour lors, il s'agit d'avertir Paris du report de son retour afin que nul ne s'inquiète et ne vienne le *griller* en cherchant à s'informer. Son premier mouvement l'incite à envoyer une lettre mais sa durée d'acheminement trop longue, même en courrier rapide, pourrait contrecarrer ses plans. Et puis à la vérité, il n'imagine pas écrire à quelqu'un d'autre que Laurane, le seul être à qui il aurait aimé confier les dessous de son aventure, ce qui le garderait de s'y enfoncer plus avant. Il songe une minute à utiliser l'ordinateur du secrétariat pour adresser un courrier électronique aux Encyclopédies du Cosmos. Seulement, il lui est impossible de réaliser une opération pareille sans l'aide d'une personne au fait des procédures informatiques. Il n'a plus pour solution que de téléphoner. Il est quatorze heures en France : en appelant à son domicile Zuna, la maquettiste de sa maison d'éditions, il pourra laisser un message sans avoir à s'expliquer.

Johann se rend compte que le domaine ne dispose que d'un poste de téléphone fixe. Après avoir envisagé d'emprunter le mobile d'un des agents, il préfère miser sur son grade pour obtenir du secrétaire qu'il le laisse donner seul son coup de fil. Le trac s'empare de nouveau de lui quand il compose le numéro. La crainte de trébucher dans l'interprétation de son rôle n'est plus en cause. C'est l'inverse : il redoute de ne pas savoir être lui-même. Il ne peut que prêter aux autres l'incrédulité qui est la sienne tandis qu'il se prépare à reparler sous son identité première – sous sa véritable identité. Lorsque le bip sonore du répondeur retentit, il s'entend mettre en avant le projet de remonter le fleuve Amazone, sur une centaine de kilomètres à partir de Manaus, pour justifier sa demande de congé sans solde. Conrad surgit alors fort à propos pour étayer son alibi, lui donnant au final une note un peu grave : « Je ne voudrais pas quitter le Brésil sans tenter cette plongée au cœur des ténèbres. »

Au sortir des eaux neuves, le soleil monte d'un coup suspendre à son zénith une joie surhumaine. Tout ici-bas, des gratte-ciel aux pics rocheux, tend à rejoindre sa sphère en une même priapée. Et le ciel au-dessus tourne dans sa lumière agrandie. Cicero a raison : c'est à l'aube que la nature est sacrée en ses trois règnes. Johann pensait le retrouver le nez sur le grillage, du côté de la façade enflammée de la jungle : il aime contempler le balancement des palmes vernies et tenter de percer du regard l'ombre noyée que le jour fouille à travers les frondaisons. Mais Cicero n'est pas à son poste d'admiration, et Johann en est pour ses frais de son envie de conversation.

Réveillé plus tôt qu'à l'ordinaire, il s'est mis en tenue avec un sentiment de confiance en lui renforcé. Paris rassuré, le compte à rebours de son départ relancé de si loin qu'il peut pour le moment ne plus s'en soucier, il respire. Ainsi ce matin, il voulait en rabattre sur le protocole, et que ses échanges avec son second ne se cantonnent plus à une relation de travail et lui permettent de satisfaire au mieux les attentes de Magalheís Moraíme.

Cependant quand Cicero accompagné de l'un de ses séides est finalement rentré dans la cour au volant d'un fourgon, il n'était pas d'humeur à discuter. Furieux d'avoir été mis en retard par Dieu sait quel problème, le contremaître ramenait cinq ou six chiens errants qu'il a tout de suite orientés vers le personnel de la quarantaine. Johann s'est étonné qu'il s'impliquât dans une activité somme toute secondaire de la société, mais il n'était pas question de lui en faire la remarque. Il a préféré contourner l'appentis de la réserve et revenir vers l'aire d'exercices où un instructeur – Osmar, du quarteron des viveurs – et un homme d'attaque entraînent, chaque jour à la même heure, un chien au mordant.

Le soi-disant malfaiteur muni d'un gourdin emmitouflé dans de la toile de jute avance, recule, tourne autour du couple homme-chien afin de capter l'attention du rottweiler. Ce dernier se met à grogner puis à aboyer ; son maître l'encourage de la voix. Lorsque l'individu menaçant s'approche et franchit ce que l'on appelle ici *a distância da fuga* – la distance de fuite –, l'animal le mord au bras ou à la jambe. L'homme d'attaque lâche alors son arme postiche et s'allonge au sol avec l'intention évidente de donner au chien l'impression que sa puissance est absolue.

Après avoir répété cette phase de mise en train, le molosse est sollicité avec plus de virulence. Pour l'habituer aux coups de feu, son *sparring-partner* emploie à présent un pistolet d'alarme et tire au sol quand il est attrapé. Il se débat en prenant soin de ne pas remuer le bras saisi : cela augmente la vaillance de l'animal et ménage son cou s'il se suspend à sa proie. Il semble que le chien idéal soit celui qui n'est pas obnubilé par sa morsure et desserre sa prise lorsque son maître le lui ordonne.

« Voulez-vous nous faire une démonstration ? » Il ne l'a pas entendue approcher. Elle est accompagnée de

Cicero qui s'est avancé en silence lui aussi. Il inspire profondément afin d'effacer l'appréhension qui le gagne quand il est sur la brèche en tant que maître-chien. Il n'a pas d'autre choix que de relever le défi qu'elle veut manifestement lui lancer. Tient-elle à s'assurer de ses compétences ? A-t-elle relevé une anomalie lors de leur rencontre dans la cour ? Johann lui répond en français puisqu'elle s'est adressée à lui dans cette langue dont elle arrondit les aspérités de son accent ouaté. « Si cela peut vous faire plaisir. » On ne lui a dit que du bien de son dressage, c'est de le voir au combat qui l'intéresse.

La salopette et la veste matelassées pèsent dix kilos environ. Pour habituer le chien aux vêtements des civils, il enfile comme il est d'usage un blouson et un pantalon par-dessus ses protections : caparaçonné de la sorte, il a quelque chose d'un Bibendum endimanché. L'odeur de la panoplie – un mélange de sueur humaine et de bave de chien – a de quoi l'étourdir mais il se concentre en résumant pour lui-même ce qu'il a retenu de ses observations. Le rôle d'un homme d'attaque est de développer la violence de l'animal. Il doit en permanence lui donner le « beau rôle » et ne jamais contrarier son instinct de proie par des manœuvres contradictoires.

Quand il prend place sur le ring s'ajoute à la crainte d'être démasqué la peur que lui inspire le molosse. C'est un adulte de bon pedigree qui ne le quitte pas des yeux. On raconte que chaque spécimen a sa manière de mordre. Certains tirent ou tordent, d'autres poussent, certains mâchonnent sans lâcher, d'autres saisissent du bout des crocs. Comme la bête au travail ne le connaît pas, elle manifeste – oreilles basses – de la méfiance à son égard. Pour la première morsure, il s'approche à un mètre et s'agenouille. Le chien s'empare de son avant-bras sur les conseils de son maître, et serre progressivement de toute la force de sa mâchoire.

Ils procèdent à des attaques lancées de face. Le chien est tenu en laisse tandis que Johann l'excite par des provocations orales. Lorsqu'il fait mine de s'éloigner, Osmar lâche l'animal. La bête se jette sur lui d'un bond de fauve pour mordre le bras dont il se protège le visage. A chaque charge, Johann manque d'être renversé, mais à mesure qu'ils répètent l'exercice, il fait montre d'une énergie qu'il ne se connaissait pas. Il reçoit l'assaut du rottweiler avec la rage que celui-ci met à vouloir le broyer. Il entend son cœur battre à tout rompre et l'animal arc-bouté sur lui grogner comme du plus profond de la terre. Quand le maître juge que le chien domine son sujet, il le rappelle d'un seul commandement.

Une attaque arrêtée, telle qu'ils en effectuent une à présent, a pour but d'interrompre une charge et d'évaluer l'obéissance du rottweiler. Au moment où l'animal va atteindre le figurant et le mordre, le maître le rappelle. C'est parti. La bête accourt ventre à terre sur une trentaine de mètres ; Osmar lui crie : « *Halt, venha*, au pied » ; le chien pile et fait demi-tour à deux pas de Johann.

Puisqu'il faut toujours terminer une séance par un exercice au mordant, le trio exécute une dernière attaque lancée. Johann vérifie du coin de l'œil si Mme Moraíme l'observe encore. Il ne la voit pas et se fait surprendre par le mastodonte qui arrivait un peu de côté – à quelques centimètres près il avait la joue arrachée. Lorsqu'il sort du terrain, Cicero lui annonce qu'en partant Doña Chef lui a dit qu'ils devraient faire équipe demain pour une ronde. A ses ordres.

La coulée d'asphalte surchauffé de l'avenue Lúcio-Costa – qui n'est pas sans rappeler le revêtement du circuit automobile tout proche – se prolonge jusqu'à l'horizon. Là-bas, les rangées d'immeubles figurent une sorte de feu d'artifice pétrifié à l'instant du bouquet final. Elles dessinent, sous un ciel si bleu qu'il semble grand ouvert, un *skyline* tremblotant.

Ils ont contourné le centre de La Barra par l'avenue Olegário-Maciel. Ils filent à présent sur les dix-huit kilomètres du front de mer que bordent comme un seul rempart continu des hôtels et des buildings résidentiels. Grâce aux commentaires de Cicero, Johann découvre le quartier le plus huppé d'Amérique du Sud – avec le nord de Caracas. Née il y a une trentaine d'années du désir de sécurité de ceux qui avaient les moyens de ne pas côtoyer la misère, La Barra est devenue une excroissance replète où l'on a vite fait d'oublier la proximité de la cité : la plupart de ses habitants n'en sortent plus que pour prendre l'avion. Dépourvue du génie propre à la ville, elle est de ces agglomérations où retraités en fonds et familles d'hommes d'affaires se retranchent du monde tel qu'il va – ou ne va pas.

Derrière la ligne des tours de verre et de béton qui se succèdent en un monumental jeu de dominos a éclos une ribambelle de lotissements privatifs. Pareils aux processus transverses sur l'épine dorsale, ils se répartissent dans un couloir de verdure de part et d'autre du canal Marapendi. Cão de Guarda opère dans ces enclaves proprettes. Sur les bas-côtés de l'avenue Sernambetiba, les échoppes ambulantes qui s'étaient multipliées pour se transformer en clubs de samba la nuit venue sont à présent interdites. Les autorités du quartier ont jugé leur clientèle par trop équivoque. En revanche, la marina, qui déploie ses pontons comme l'éventail d'une *carnavalesca* ses phalanges de plumes, se dote d'un yacht-club supplémentaire.

Aucune place, aucune statue, aucun nom de rue ne célèbrent ici une anecdote ou un fait d'armes pour inscrire ce lieu dans le temps. Des noms de politiciens, d'architectes ou de pays couvrent les panneaux indicateurs et achèvent, s'il se peut, de *déréaliser* l'ensemble. Johann a l'impression de naviguer en voiture électrique dans les allées d'un village-vacances blindé, beaucoup plus haut de construction que la moyenne il est vrai. Son seul monument est l'immense centre commercial, le *Barrashopping*, qui trône sur l'avenue das Américas. On a récemment inauguré, au milieu de cet hypermarché, une réplique d'une place du vieux Rio que Cicero qualifie lui-même de « kitchissime ».

Après ce rapide tour de reconnaissance, ils se dirigent au-delà du lac Marapendi vers la *praia dos Bandeirantes* où se déroulent souvent des championnats de surf. Ils passent devant une grève isolée, douce et beige comme le ventre d'une biche, et montent au sommet d'une colline en aval de laquelle pointe une flèche de sable, la *Restinga da Marambara*, zone militaire à l'accès strictement restreint aux véhicules de l'armée. Cicero désigne de l'index le chemin de cailloux qui y mène. « Nous passons par ici. » Comme il s'adresse à Johann, ce dernier opine de la tête d'un geste d'approbation, alors qu'il se demande bien de quel droit on se permet d'ignorer le panneau de sens interdit.

Il glisse une matraque dans son baudrier multifonctions. Le poids de l'arme l'a surpris quand il s'en est emparé dans la caixa. Il ne saurait la manier comme il se doit – de cela nul doute – mais il pourra le cas échéant improviser. Plus que l'engin contondant, le rottweiler exercera un pouvoir de dissuasion sur un éventuel suspect : la violence palpite dans la nuit de ses yeux. Johann le conduit de la main droite selon l'usage, assez fier de ne pas laisser place en lui à un moment d'inattention qui le perdrait.

Les deux hommes se sont garés à l'entrée du premier lotissement après le *Parque das Rosas*. Son accès est limité par une barrière de poste frontière. Un gardien officie dans une guérite aux vitres pare-balles percée d'un guichet. La barrière est actionnée automatiquement par les riverains qui possèdent le sésame : une carte à puce personnalisée. Le surveillant déclenche sa levée lorsque des jardiniers, des réparateurs, se présentent munis d'une convocation; il enregistre aussi l'identité des visiteurs.

Cicero et Johann prennent le relais de l'équipe de nuit qui revient justement vers l'antenne d'entrée. Chaque lotissement est dessiné en squelette de poisson : une rue centrale hérissée d'impasses qui partent à droite, à gauche, et se terminent par un rond-point. A l'inverse du quadrillage habituel, ce modèle de réseau urbain crée de petites subdivisions déconnectées les unes des autres qui compliquent la circulation. Aucun véhicule ne peut sortir de l'enceinte sans passer par la voie d'accès unique.

Bien qu'elles soient aux trois quarts dissimulées dans la végétation de leurs parcs, les villas paraissent éléphantiasiques. Elles tournent le dos à la rue, à l'abri de garages aux portes de coffre-fort. A l'abord des entrées, comme partout dans le lotissement, des caméras juchées sur des pylônes, protégées dans de longs boîtiers blancs, pointent leurs objectifs sur toutes les allées et venues. Ces appareils semblables à des pélicans prêts à piquer sur un banc de poissons ont quelque chose de courroucé. Les images qu'ils captent sont retransmises sur un mur d'écran au poste principal.

Cicero expose à Johann à quelles heures ils feront le tour des parcs, à quelles conditions il leur est permis de pénétrer dans les domiciles. Il énumère les étapes du parcours où il convient de prêter le plus d'attention : telle cache naturelle dans les fougères qui échappe au balayage des caméras, telle sortie d'un parking souterrain, telle faiblesse du grillage autour d'un cumulateur électrique.

Ce lotissement, baptisé Indian Wells, est le seul dans lequel Cicero effectue des rondes. Les gardes ont chacun leur secteur et celui-ci doit être spécial puisque le second de la société et ses comparses de toujours en assurent le contrôle. Johann comprend mieux ce traitement de faveur lorsque son partenaire lui présente une bâtisse retirée dans les feuillages de flamboyants. « Celui qui vous envoie habite ici. » Il lui parle sans doute du patron de la firme qu'il avait évoquée quand il avait mis sur le compte de cette dernière l'erreur de date commise par l'agence d'intérim censée dépêcher un remplaçant à Cão de Guarda un mois plus tard.

Johann prend la balle au bond. Et Mme Moraíme,

pourquoi a-t-elle voulu qu'il l'accompagne ? « Vous vous en doutez, c'est insuffisant à quatre avec les chiens. » Pour la seconde fois aujourd'hui, après le DÉFENSE D'ENTRER de la zone militaire, Johann ne saisit pas ce qui se trame. Il se tait de nouveau pour donner le change à peu de frais.

Une léthargie de ville d'eau règne dans les allées, qui rappelle à Johann l'ambiance cotonneuse de ses vacances d'enfant, quand il vivait chez sa grand-mère. Quelques pavillons bourgeois datant de la fin du XIXe siècle y avaient été convertis en sanatoriums, et les piétons malingres que l'on croisait sur les trottoirs progressaient à pas comptés, une canne à la main. Ni cliniques, ni malades, ni convalescents à Indian Wells, mais toutes les demi-heures un hélicoptère de la police qui hache menu le silence et, de temps à autre, une berline ou un 4 x 4 aux vitres fumées devant lesquels une grille s'ouvre sans bruit sous l'effet d'une cellule photoélectrique.

Le tour de ronde dure trois quarts d'heure, puis les deux hommes s'octroient une pause dans la guérite de l'entrée. Ils profitent de cette interruption pour donner à boire aux chiens. L'heure des gamelles au chenil est calculée afin d'éviter au maximum les déjections pendant le service. Si le chien défèque, le maître se doit de nettoyer à l'aide d'un gant jetable. Aux yeux de sa population, la propreté du lotissement est proportionnelle à son degré de tranquillité.

Une voiture de police s'arrête parfois et les agents échangent quelques mots avec les vigiles de garde. Les relations entre les deux corps n'ont pas l'air d'être simples. Les forces de l'ordre n'apprécient pas ces *gorilas* en tenue de combat qu'elles estiment n'être que des sous-traitants de luxe. Elles adoptent vis-à-vis d'eux une attitude méprisante. N'ont-elles pas, elles, le droit de tirer ?

Cependant, la plupart des policiers qui patrouillent à La Barra respectent Cicero. Johann a appris qu'il fut l'un des leurs une vingtaine d'années durant, mais il n'en saura guère plus. « J'ai fait mon métier », lui dit le second, et le mutisme qui suit vaut son pesant de basses besognes, de rackets, de représailles sur des *favelados* dont le seul tort était de loger dans la ruelle où un collègue avait été tué la veille. Dans le passé de Cicero – et de combien d'autres autour de lui – brille alors un éclair de haine qui mord Johann de sa flamme froide.

Il force un peu sur la cachaça. Non pas que les rondes dont il s'est acquitté aujourd'hui aient été des corvées – le qui-vive de rigueur le délivrerait plutôt de l'ennui du chenil –, mais il lui a fallu composer avec des hommes dont il n'avait pas mesuré jusqu'alors à quel point il leur est étranger, à quel point ils peuvent être dangereux aussi. L'aveu masqué de Cicero a levé le voile sur les antécédents, ou les écarts, de nombre de gens du métier.

Recruter à la favela Rocina constitue pour la société une opération stratégique. La connaissance du terrain où évoluent ceux – frères, cousins, amis, voisins – placés dans la ligne de mire des vigiles, la possibilité de contrôler certains de ces quartiers en enrichissant à la mesure du revenu moyen quelques familles du cru décident de ce choix. Là est l'intérêt de Cão de Guarda. De même, il est des gardes – Cicero en tête – qui trouvent à travailler ici un autre avantage que celui de gagner de l'argent. Leur vie professionnelle a dû s'arrêter net à la suite d'une bavure de trop. Ils ont découvert dans le gardiennage de quoi *se refaire*. A sa manière, Johann est aussi un exemple de la reconversion que ce métier permet. Il lève sa tasse remplie d'alcool à ce petit miracle puis la relève, soucieux de s'enivrer en l'honneur de celle qui l'a missionné à La Barra.

Elle au moins n'habite pas l'un des blockhaus quatre étoiles qu'il a surveillés cet après-midi. Il pense à son regard quand elle l'a mis au défi de provoquer le chien. La goutte d'or qui s'y consumait – pareille au croissant de lune dans le calot marron que les enfants prisent entre tous, s'ils jouent encore aux billes – achevait de lui donner une figure léonine. Hier pourtant, avec ses cheveux lissés et ses ongles manucurés, la féline avait l'allure d'une héritière dont la superbe était rien moins qu'ensauvagée.

De quelle mémoire longue est-elle l'incarnation ? A quelles sources son sang a-t-il pris son élan ? Cette femme est une *nature* assurément, qui sait de quels mondes elle est le fruit. De la *senzala* d'où un esclave s'est enfui dans la jungle pour se lier aux Indiens, les outillant, les fécondant ? D'un royaume du Soudan ou de Guinée, plus en amont dans les siècles, quand les princes aux fronts peints portaient bagues et pendants d'oreilles ? Elle sait aussi, plus près de nous, l'histoire du Portugais en armure dont la langue est venue s'adoucir dans les bouches rose et noir qui émondent les mots du tranchant des consonnes. De ce temps fait chair, la sienne, elle doit tirer une partie de son orgueil et beaucoup de ses prestiges aux yeux de Johann.

Beaucoup seulement, car il ne suffit pas de cela pour expliquer son attirance. Sans doute est-il sensible à l'autorité dont elle jouit au domaine, rare dans son expression mais indiscutable. Comme par l'effet du magnétisme qui combine mille copeaux de fer en une limaille unie, l'effectif dans son ensemble se place sous sa loi. Lui, qui n'est pas du genre à « laisser la main », ne peut que se sentir interessé par celle qui domine quarante butors.

Et s'il s'interroge maintenant sur le pourquoi de son attitude envers lui – l'assaut du chien qu'elle réclame et à la fin duquel elle n'assiste pas, son envoi sur le terrain –, il l'attribue, rassuré, non pas à un soupçon qu'elle aurait conçu à propos de son identité, mais à l'impression qu'il lui a procurée à son corps défendant de n'être pas aussi assujetti à elle que le reste du personnel. Vexée Doña Chef ? Il n'en jurerait pas. Bien que son regard ait porté sur lui un éclair de méfiance – assez semblable à celui qu'il a vu briller la veille dans les yeux du rottweiler quand l'animal a renoncé in extremis à le mordre –, il lui a surtout ouvert une voie occulte en elle. Et pris de boisson, il croit maintenant la voir telle qu'en elle-même, faite pour ce qui, au-delà de la sensualité, des miscénégations et de la force de caractère, lui est essentiel : une solitude absolue.

La Barra est bâtie d'infrastructures conçues dans un esprit de neutralité. Ses constructions génériques, interchangeables, se singularisent sans doute par la qualité de leurs matériaux et par l'ingéniosité de leurs architectures intérieures, mais rien ne les distingue au premier abord de celles de n'importe quel autre quartier privatif dans le monde. Johann, qui accomplit le trajet entre la société de gardiennage et Indian Wells, a chaque jour l'impression de ne se trouver nulle part en particulier, ce qui accroît son sentiment de s'être extradé de sa propre vie. Il y a bien le monorail aérien qui conduit au *Shopping Center* et sous lequel la voiture roule un moment, mais cette fantaisie tient du gadget. Elle date, comme tout ce qui se veut ultra-moderne, ne conférant pas le moindre cachet au lieu sinon un profil de parc d'attractions.

Les villas des condomínos contredisent cet anonymat. Elles étonnent Johann par la sophistication de leur agencement. Les volumes avant tout le surprennent, lui l'abonné aux soupentes : des plafonds et des baies vitrées comme on n'en voit que dans les aéroports. A Indian Wells, les façades sont orientées vers le lac de Tijuca, l'anse Saco Grande pour être exact. Construits sur la dénivellation du terrain, leurs jardins s'étagent sur plusieurs terrasses. Il arrive que les vigiles, pour en terminer avec leur tour de garde, descendent un escalier de piscine jusqu'à un ponton que la croix d'un héliport privé consacre.

Parmi ces demeures, de style international comme on dit, celle que Cicero lui a désignée le jour de leur repérage comme étant propriété du président de la firme a piqué sa curiosité. Un grand toit parapluie en cèdre rouge couvre le bâtiment. Au-dessous du corps principal, fermé au nord, ombré par des palmiers au sud, très dégagé à l'ouest grâce à un bow-window qui encadre le miroir des eaux du lac, quatre boîtes disposées comme par hasard contiennent les chambres d'amis avec leurs salles de bains. Ne se touchant pas, n'allant pas jusqu'au plafond, elles sont comme l'esquisse d'un village sous abri.

Cette villa est presque toujours inoccupée. Pour entrer lorsque le système d'alarme est activé, Cicero doit composer un code sur une télécommande de la taille d'une carte de crédit. Le message est répercuté jusqu'à la console fixée à un mur de la cuisine. C'est un boîtier à cristaux liquides où sont centralisées toutes les informations que saisissent les différents capteurs dissimulés dedans et dehors. Des détecteurs de contact placés sur les portes et les fenêtres se déclenchent à la moindre pression. Des détecteurs volumétriques repèrent tout mouvement dans les pièces et les escaliers. Le passage qui interrompt leur faisceau infrarouge met en marche l'alarme qui assourdit l'importun et crache sur lui une fumée opaque. Les issues se verrouillent automatiquement. Les rideaux mécaniques s'abaissent dans l'attente des gardiens et de la police, puisque le système de surveillance est relié à leur quartier général. La Barra entière est équipée ainsi.

Dans l'immense séjour d'une vingtaine de mètres de diamètre, le sol d'ardoise est disposé en chevrons. Un tapis circulaire occupe une grande surface et figure la prunelle blanche d'un œil aveugle. Lorsque Johann a inspecté la villa pour la première fois, au prétexte d'une vérification du bon fonctionnement des appareils en veilleuse, il a été frappé par la froideur des lieux. Au dire de Cicero, le propriétaire y vient une fois par mois. Sa famille partage son temps entre São Paulo et Los

Angeles ; elle ne passe que la semaine du carnaval à Rio. Est-ce la raison d'un tel vide ? Aucun tableau, aucun objet précieux qui puissent motiver un cambriolage – le coffre-fort ne sert pas en l'absence du maître de maison. Bien que des squatters ou des vandales soient toujours à craindre, c'est à se demander ce qu'on garde et ce que protège le système d'alarme.

Johann qui s'était assis il y a quelques jours sur le lit de l'une des chambres-modules a localisé par hasard une caméra miniature nichée dans l'un des globes en chrome du lustre art déco. N'ayant rien fait sous l'objectif qui eût pu le démasquer, il en a été quitte pour une petite frayeur rétrospective. Non bien sûr, personne ne cherche à l'épier. Mais il y a bel et bien quelque chose que l'on surveille de près ici.

Les patrouilles avec Cicero sont l'occasion pour lui d'en apprendre un peu plus sur son partenaire. Bien qu'il reste discret sur ses années dans la police, il laisse désormais échapper quelques remarques à propos de telle ou telle de ses pratiques passées. Par exemple, pour avoir le droit de récupérer le corps d'un des siens, une famille devait rembourser cher – en marge de toute légalité – les balles que les forces de l'ordre avaient utilisées lors de la fusillade qui avait coûté la vie à la victime.

Il est plus loquace à propos de son enfance à Rocina. Il se souvient des fleurs qu'il volait sur les tombes des cimetières de la zone Sud pour aller les vendre aux amoureux assis aux terrasses des restaurants d'Ipanema. Il n'était pas mauvais non plus quand il « surfait » les trains de banlieue. Debout sur les toits des wagons, au mépris de la vitesse, il attendait plus longtemps que ses petits copains kamikazes avant de se coucher à l'entrée des tunnels. Grand et sec, la tête rasée à la tondeuse tous les quinze jours comme le reste de la troupe, il n'est pas facile de lui donner un âge. Johann estime qu'il a environ cinquante ans.

Levé en premier, couché toutes lumières éteintes, il tire de sa rigueur à la tâche le respect de ses hommes. L'esprit droit, le sens aigu de la camaraderie avec les vigiles et de la hiérarchie vis-à-vis de Mme Moraíme, il est l'intermédiaire idéal entre elle et eux. Certes, le noyau dur qu'il forme avec Osmar, le vétérinaire, et le jeune Tango pose question. Constitué sous la coupe de Rubem Laus – si Johann a bien compris –, il perdure aujourd'hui. Les quatre amis semblent d'ailleurs attendre un geste du nouveau maître-chien qui légitimerait son admission définitive dans leur groupuscule.

Son rôle prédominant dans cette cellule mis à part, c'est l'empressement dont il fait preuve à l'égard de Mme Moraíme qui frappe dans l'attitude de Cicero. Plus qu'au service de la société, c'est à son service qu'il agit. Son zèle – qui traduit dans les faits un dévouement que tous affichent ici –, tempéré par la réserve qu'il observe auprès d'elle, lui prête un faux air d'homme de main qui en sait plus que les autres sur le patron mais pas assez pour prétendre à la familiarité.

Cão de Guarda a été fondée il y a une dizaine d'années. Magalheís Moraíme avait rencontré le président de la firme – M. Hermann, Johann entend enfin son nom – lors d'un dîner de charité. Elle travaillait à l'époque pour la maison Amsterdam-Sauer qui venait d'être acquise par Hermann. Cicero ignore depuis combien de temps elle était employée par le joaillier, mais lorsque le président lui a offert de créer et de diriger une société de gardiennage, elle n'a pas hésité. Elle a recruté Cicero qu'elle connaissait pour avoir été amenée à côtoyer les services de sécurité de la bijouterie, *rua Visconde de Pirajá*; il venait d'y être embauché. Elle l'a laissé composer son équipe – à l'exception de Rubem Laus car le maître-chien était déjà diligenté par l'administration de la firme. Elle n'a pas eu de mal à s'emparer du marché des quartiers privatifs : son carnet d'adresses comptait nombre des plus gros propriétaires de La Barra et le reste de sa clientèle était puisé d'office parmi les cadres de la firme qui vivent en collectivité dans les condomínos.

Cicero a tout de suite été conquis par la prestance de Doña Chef. « C'est quelqu'un », aime-t-il à répéter. Sa fidélité est si grande qu'on ne lui connaît pas d'autre goût que celui de la servir. Il n'a pas – ou n'a plus – de famille et les jours de permission ne le concernent pas. En contrepartie, il est le seul de la compagnie à avoir été admis au domicile de la directrice. Il semble parfois qu'une gratitude confinant au fanatisme le rendrait capable d'égorger de son couteau de combat le premier qui porterait, ne serait-ce qu'en parole, atteinte à sa bienfaitrice. Ce n'est donc pas à lui, ni à personne d'ailleurs, que Johann confiera son étonnement quant au parcours professionnel de Mme Moraíme.

Quel argument a bien pu la décider à quitter le ciel d'étoiles qu'est l'univers des pierres précieuses – avec Stern, Amsterdam-Sauer est un joaillier de renom mondial – pour prendre la tête d'un bataillon de gorilas flanqués de chiens méchants ? Si le gain à la clé de ce changement radical n'est pas seul en cause – et Johann ne veut pas croire que Mme Moraíme ait pu être dans le besoin –, il n'est pas abusif d'y associer la possibilité d'une romance entre elle et Hermann.

Pour leur première sortie nocturne, Cicero a préféré opérer en début de soirée, afin que la fatigue nerveuse occasionnée par la nuit n'émousse pas la vigilance de son partenaire. Il ne s'agit pas pour lui de manquer de réflexe lors d'une éventuelle intervention. L'éclairage sodiomisant libère dans les allées une lumière brutale. A coups de projecteurs – poursuites figées sur mille scènes de crime en sommeil – il taille l'obscurité, aveugle les bâtiments, traque jusqu'aux regards. L'ombre rassure aussi, on peut s'y abriter, seulement les urbanistes ne l'ont pas vu de cet œil et n'ont pas tenu compte du climat anxiogène que leur réseau de lampadaires instaure. N'était-il pas écrit qu'à ces lanternes viendraient s'agglutiner des papillons sanglants ? Les bruits sont ténus. La rumeur des voitures sur l'autoroute et, au loin, le claquement des vagues à la marée montante forment le fond sonore sur lequel se détachent ici une sirène d'alarme, là celle de la police, ailleurs un dérapage au frein.

Aucun incident à signaler. Les deux hommes ont transmis le relais à Osmar et à Tango avant que Cicero prenne le volant. Les chiens sont calmes dans leurs compartiments. « On est livré ce soir. » Johann acquiesce, impassible. Leur service de nuit n'était donc pas qu'une question d'entraînement. A hauteur du carrefour où ils pourraient prendre vers le domaine, la fourgonnette continue sur l'avenue Lúcio-Costa et passe le pont qui conduit au centre de Rio. Johann n'est pas revenu là depuis son lendemain de cuite. Il se sent mal à l'aise. Une drôle de superstition lui fait craindre que le franchissement du méridien imaginaire qu'est le bras de mer de Tijuca ne rompe un charme. Comme Cendrillon se retrouve en souillon après minuit, l'uniforme du vigile va peut-être disparaître sur l'autre rive. Cicero le reconnaîtrait-il s'il le regardait maintenant ? Lui-même évite son reflet dans le rétroviseur. Il reste immobile, le front collé à la vitre. Les silhouettes ensorcelées des jacarandas, celles bouffonnes des palmiers, celles griffues des *uragogas*, toutes entremêlées sur les pentes du morne de Cochrane, semblent les figures silencieuses d'un carnaval de l'au-delà.

La voiture a contourné le paysage lunaire du terrain de golf de Conrado. Ils commencent d'escalader les lacets bleus d'une route de montagne. En amont, la croûte luisante de Rocina mange la gorge de la Belle Pierre. Les premiers baraquements apparaissent. Édifiés sur une étroite plate-forme, leurs planchers avancent pour moitié sur des pilotis au-dessus du vide. Cette astuce de fabrication ménage un abri qui rappelle à Johann la maison d'Hermann : les villas inspirées de ces cabanes doivent être du dernier chic à La Barra. Les parois des logis sont construites de planches inégales clouées les unes aux autres ; leurs toits, un empilement de pièces de bois et de tôles ondulées en éternit, servent au stockage des matériaux non utilisés.

La favela est plus dense à mesure que la voiture progresse. La plupart des baraques sont bâties en dur à présent. Elles disposent d'un, voire de deux étages. Certaines arborent même des barreaux à leurs fenêtres et des portes renforcées. Les ruelles sont si étroites qu'aucun véhicule – sans parler du camion des pompiers – ne pourrait s'y faufiler. Elles semblent avoir été creusées au milieu des taudis par l'écoulement des eaux de pluie. Beaucoup de masures ont l'électricité. De temps à autre cependant, Johann distingue la flamme d'une chandelle dans un intérieur. Et c'est à chaque fois comme une prière allumée pour le Christ qui leur tourne le dos, là-haut, sur le Corcovado.

Cicero ne marque aucun stop. Il conduit sans hésiter dans le dédale de ciment nu. Il a prié Johann de verrouiller sa portière. Bien que l'on connaisse ici le logo de Cão de Guarda, il faut toujours se méfier d'une embuscade de toxicomanes ou bien de la réaction d'un gang de narcotrafiquants sur lequel ils tomberaient nez à nez.

Quand Cicero éteint les phares, le parking plonge dans le noir : les ampoules des lampadaires ont été caillassées. Quelques berlines sont garées là, qui doivent provenir de La Barra – le vol de voiture y est le délit le plus courant. Sur la crête d'un muret en face d'eux, six ombres viennent d'apparaître. Des adolescents, avec quelque chose de vaincu auréolant leur mauvaise jeunesse. Ils ont des yeux d'iguane gris et brillants qui clignotent doucement. Dans leurs gestes furtifs, dans leurs sauts de chat d'un capot de voiture à l'autre souffle un vent de liberté provisoire. Ils sont habillés de survêtements et de chaussures de sport siglés. Celui qui se conduit en chef de bande porte des sandales de plage et un short. Il s'avance torse nu ; la crosse d'un revolver lui barre le bas du ventre. « Tu en as quatre, reviens demain. »

Johann imite Cicero : il tire des gants de jardinage de sous le siège et les enfile. Le garçon ouvre le coffre des deux grosses cylindrées en stationnement. Trois labradors et un caniche se mettent à couiner devant eux. Cicero fait coulisser la portière latérale de l'utilitaire. Toujours désireux de produire une bonne impression dès qu'il a compris de quoi il retourne, Johann le devance pour saisir deux des chiens par la peau du cou et les fourrer dans une cage derrière le compartiment des rottweilers. Il recommence la manœuvre avec les deux autres pendant que Cicero paie l'enfant armé.

Au retour, Johann se moque de lui-même. Il s'attendait au pire et il n'a participé qu'à la réception de chiens errants pour la fourrière de la société. Il y avait bien le revolver du gamin et les regards lents de ses compagnons pour donner à l'affaire sa mesure de danger, mais rien du coup de feu redouté. En arrivant au domaine, ils font le tour de l'enceinte et passent par la porte de derrière. Ils transportent la cage dans la quarantaine où Cicero regarde l'état des animaux, leurs dents, leurs poils, leurs yeux. Il inspecte aussi les oreilles et l'aine. En lui indiquant l'emplacement d'un bidon de plastique sur une étagère, il demande à Johann : « Vous vous en occupez ? Je vais garer la voiture. » *Claro*, bien sûr, il s'en charge.

Johann surmonte sa perplexité en déchiffrant la notice sur l'étiquette du bidon. Une signalétique rouge le prévient de ne pas employer ce produit sans précaution. A quoi va lui servir cet acide sulfurique ? En prenant l'une des quatre bêtes et en l'examinant comme l'a fait Cicero, il remarque le code violet d'un tatouage d'identification. Alors il se presse, s'équipe de gants en caoutchouc et procède avec une énergie qui l'étonnerait lui-même s'il prenait une seconde de recul sur ses agissements. Il immobilise les animaux les uns à côté des autres en les sanglant sur une table de soin. Puis à l'aide d'un coton imbibé d'acide il brûle la marque indélébile. Les chiens vagissent, montrent les crocs et se débattent de toutes leurs forces en se pissant dessus. Johann soufflote sur la peau qui fume.

Ils sortent du tunnel do Jõa et dominent les vaisseaux de lumière de La Barra *by night*. La nuit est pâle, le lac a le visage du ciel. La voiture obéit à la succion de la pente qui file vers le pont. Ils ne se parlent pas. Johann n'a qu'une hâte : se retrouver au lit et s'endormir d'un coup. Avant, il doit s'occuper des cinq chiens de ce soir. Cette fois il va procéder avec méthode. Il va raser les poils au niveau des tatouages et enfermer les gueules dans des muselières en nylon.

Les trois premiers sont des bergers allemands difficiles à maîtriser. Ils grognent et manquent de le mordre. Quel idiot, il aurait dû commencer par poser les muselières. L'odeur de la corrosion des chairs ne ressemble à rien qu'il ait déjà respiré. Les bêtes ne s'égosillent que quelques secondes.

Il n'y a plus de cachaça. Il déniche une bouteille de vin bolivien dans le compartiment à fruits de son réfrigérateur. Le flacon à moitié vide, la paix du sommeil ne lui paraît plus inaccessible. Pourtant, il se débat encore dans cet envers de la raison où l'alcool noie d'ordinaire son homme. Il ne parvient pas à se défaire du tourment que lui cause ce qu'il a infligé aux chiens volés.

Une de ces curiosités qu'on dit malsaine, attisée par la possibilité qui lui est offerte ici, au nom de l'inconnu, d'aller au cœur de ce que lui Johann, gratte-papier aux Encyclopédies du Cosmos à Paris, n'aurait jamais pu même imaginer approcher, le retient de quitter la société de gardiennage sur-le-champ. Et encore, rien ne dit qu'il s'enfuirait s'il savait dans quelle magouille il trempe.

La tête lui tourne. Son lit a un roulis de barque. L'Amazone qu'il a prétendu vouloir remonter le prend au mot et vient le chercher maintenant, quand il est le plus faible, pour l'emporter à contre-courant. Il devrait avoir dépassé Coari aujourd'hui, s'il avait suivi sa prétendue feuille de route. Il lui semble que des Indiennes aux seins comme des mangues l'escortent dans sa dérive. Éparpillées sur les rives du rio Solinoes, elles portent l'index à leurs bouches en signe de silence.

Les eaux l'entraînent vers une forêt inondée. Il flotte un moment entre les cimes d'arbres qui plongent leurs troncs à trente mètres sous lui. Il heurte la branche maîtresse d'un hévéa géant et s'immobilise. Une femme en manteau de plumes noires se tient debout dessus. Elle l'attendait, semble-t-il, et dans son rêve Johann croit reconnaître Mme Moraíme. Inutile ce soir de glisser entre le matelas et le sommier la chemise qui eût assourdi les bruits qu'impriment au lit ces gestes que l'on tait. Les hommes sont dehors, et comme il arrive parfois en fin de beuverie, ils couvrent de leurs exclamations les abois de chiens affolés.

Ils partent en reconnaissance, chacun de son côté. Ils restent en contact grâce à un émetteur radio attaché au revers de leur blouson. Ils plaisantent un peu et puis, si rien n'est à signaler – et rien ne l'a été jusque-là –, ils interrompent la transmission pour profiter du calme de la nuit. Johann considère que ces silences les lient autant que s'ils avaient grandi ensemble. Sans doute la permanence du péril qu'ils encourent comme rondiers, à quoi s'ajoutent leurs manigances des deux derniers jours, renforce leur complicité, mais guère plus que ces heures d'ennui au travail.

Johann aime s'enfoncer dans l'obscurité des parcs qu'il inspecte. L'échine de son chien brille d'un éclat d'argent. Ils traversent les pelouses grises, surpris parfois par la stridulation du système d'arrosage. Une bruine à répétition les rafraîchit alors, qu'il fauche du faisceau de sa lampe torche. Le rottweiler marque un arrêt. Il dresse les oreilles, lève le museau et se fige. Ses yeux n'ont plus de paupières. Puis il reprend son furètement comme s'il n'avait jamais cru à cette fausse alerte. Les hérissons, les écureuils qu'ils croisent le laissent indifférent ; il ne chasse que l'homme.

Johann le gratifie d'une tape à l'encolure. « *Todo bem, Stan, todo bem.* » Il ne saurait dire si ce geste lui est devenu naturel. A l'évidence il a changé. Le maître-chien qui flatte son rottweiler au pied d'une villa sous haute surveillance n'est plus l'homme qui, il y a trois mois seulement, puisait dans la lecture et l'écriture sa satisfaction la plus éminente. Quelle force l'a détourné, lui, l'homme des livres ? Quel dégoût, mais quel désir aussi, l'ont amené ici ? Il n'est pas jusqu'à ses sens qui ne témoignent de cette métamorphose. Il n'a jamais été plus à l'écoute de son cœur qui cogne quand la peur monte. Il n'a jamais percé la nuit avec autant d'intensité. Il n'a jamais senti son sang gorger ses muscles comme à l'heure du dressage.

« C'est pour ce soir, tu prendras le volant, je suis fatigué. » Johann ne s'étonne même plus. Pour sa propre sérénité, il préfère tuer dans l'œuf la moindre réserve quant aux ordres qu'il lui revient d'exécuter. Il agit en pantin. Il transporte les cages des chiens volés dans la camionnette, remplit une Thermos de café, monte à la place du conducteur et sort de la cour en marche arrière. Cicero lui dit de prendre la direction de la Restinga da Marambara. La radio diffuse des succès de la chanson anglo-saxonne.

Une vingtaine de fourgons de surfeurs sont garés côte à côte sur le parking de la Praia dos Bandeirantes. Ils attendent les vagues de l'aube, les plus régulières. En haut de la colline, Cicero descend de la camionnette. Il ouvre d'un coup de clé la grille donnant accès au mystérieux chemin de cailloux. Les phares jaunissent les haies de joncs. Johann conduit prudemment : ce n'est pas le moment de crever sur la rocaille. La camionnette débouche sur une petite route goudronnée et ils sont tout de suite contrôlés à un barrage militaire. Cicero montre une carte – le soldat en faction les laisse passer – et indique à Johann vers quel entrepôt de la base il doit se diriger.

Le déchargement est effectué en vitesse par quatre soldats au visage fermé. Aucun éclairage ne fonctionne à l'entrée du dépôt et la manœuvre est effectuée dans le trapèze de lumière que la porte d'acier ouverte a découpé dans l'obscurité. Les chiens qui disparaissent à l'intérieur aboient sans agressivité. Leurs oreilles plaquées vers l'arrière dénoteraient plutôt la crainte, ou bien l'envie d'une caresse. Certains, le regard inhabité, lèchent les barreaux de leurs cages.

III

Le vigile montait la garde à l'entrée d'un magasin de prêt-à-porter qui donnait une fête pour son inauguration sur l'avenue das Américas. Il a dissuadé trois favelados qui faisaient mine de vouloir se mêler au cocktail. Les gamins savaient qu'ils seraient refoulés. Leur comportement de pique-assiette n'était qu'un leurre. Ils se sont relancés à l'assaut de la boutique. Cette fois le surveillant a froncé les sourcils et a raccourci sa laisse d'un geste qui fait croire que le chien s'énerve. L'un des trois petits durs a commencé de l'insulter afin de capter son attention et il a durci le ton pour libérer le passage. Le temps pour le vigile de s'apercevoir que la laisse avait été coupée et qu'elle flottait dans le vide, le trio avait disparu. Le rottweiler n'a pas pu se défendre : il portait encore sa muselière quand son maître l'a retrouvé le ventre ouvert sur le toit de sa voiture.

Johann prie le vigile au rapport de retourner dans ses quartiers. Il doit joindre l'éleveur de Nilópolis qui fournit

Cão de Guarda en rottweilers. Il doit aussi réorganiser les plannings puisque l'un des membres du personnel n'est plus en état d'effectuer son service. Ce surcroît d'activité l'arrange. Ces derniers jours, il avait du mal à se concentrer. Ses pensées s'envolaient vers Paris, et la silhouette de Laurane se profilait dans un halo douloureux. Elles prenaient parfois la route de la base militaire et se cassaient le nez sur la question de l'emploi réservé aux chiens volés. Ou bien encore, elles tombaient sur le remplaçant véritable de Rubem Laus qui intégrera les effectifs dans moins de trois semaines.

L'incident du vigile est donc une bénédiction. Johann s'investit tellement dans la gestion de ce problème qu'il convoque Cicero pour lui faire part d'une idée qui lui est venue en téléphonant à l'éleveur. Il a compté dans les dossiers de la société les accidents et les agressions qui ont mis un chien sur la touche depuis six mois. Il a dénombré ceux dont l'âge leur a interdit d'être opérationnels et qu'il a fallu remplacer. Ne serait-il pas avantageux pour le domaine de disposer d'un espace réservé à l'élevage ? « On y a pensé il y a deux ou trois ans, et puis plus rien. » Mais il va pouvoir en discuter avec Mme Moraíme. Elle part trois ou quatre jours à Búzios pour des vacances avec sa fille. Elle veut quelqu'un qui l'accompagne. Comme un garde du corps. A l'époque, c'était Rubem Laus qui s'en chargeait.

Puisque le chauffeur lui a fait payer une place pour le chien, il ne s'est pas gêné pour asseoir Stan sur le siège d'à côté. Le rottweiler se tient droit. Il forme avec son maître un couple qui prête à sourire : ils regardent tous les deux dans la même direction à travers la vitre du car. Les bidonvilles s'espacent. Les mornes se dissipent dans la plaine du littoral. L'air marin instille à la lumière une alacrité nouvelle. De gros nuages musclent le ciel.

Un peu plus de deux heures de route séparent Rio de Búzios, au nord. Johann ne se sent pas à son aise pendant ce trajet. Débarrassé de possibles soupçons du personnel de Cão de Guarda, il n'y a que Stan et son uniforme bleu marine, avec le mot *SEGURANÇA* inscrit au dos de son blouson, qui font encore de lui un maître-chien. Qui est-il donc pendant cette parenthèse ? Existe-t-il vraiment ? Il préfère ne pas s'appesantir et réviser plutôt le « grand oral » qui l'attend sans doute. Cicero ne lui a jamais posé de questions personnelles. Il s'en tient à des généralités – à propos de football, de monuments parisiens et de femmes – auxquelles Johann répond avec le souci de corroborer les idées reçues du Brésilien ; le décontenancer, ce serait prendre le risque d'attirer son attention. Une fois, il lui a fallu évoquer son employeur précédent. Il a inventé une société de gardiennage spécialisée dans les immeubles de bureau du quartier de la Défense et un directeur allergique aux poils de chien. Cicero avait ri aux larmes à l'idée de l'enfer que devait vivre le pauvre homme et Johann n'avait pas été peu fier de son effet.

Mme Moraíme sera sans doute plus curieuse. Il se prépare à des dialogues imaginaires et engrange, pour la bonne bouche, d'autres anecdotes du genre de celle du directeur allergique. Il s'entend répondre avec le ton adéquat à telle question concernant son cursus professionnel, sa famille, ses amis et même ses amours. Il choisit une version des choses qui corresponde à la réalité, ou qui s'en approche au plus près. En l'occurrence, il s'agit d'être subtil, de ne pas lésiner sur les points de vue originaux qui saleront sa conversation en la colorant d'un accent de vérité.

Du pays des lacs qu'il traverse, il lui restera une impression de délivrance pareille à celle que procure la bouffée d'air frais au sortir d'un souterrain. Le vent du large balaie le souffle recuit des lagunes et fait dix nuages d'un seul comme s'il effeuillait la marguerite. Sur les *beachrocks* à n'en plus finir que longe le bus, l'érosion a mis à nu des dalles de roche superposées dans la zone de balancement des marées, là où le marnage est le plus important. Ces vestiges d'escaliers gris fumé qui ancrent les plages et les protègent de l'accrétion des dunes lui parlent d'une Atlantide guarani.

Lorsqu'ils bifurquent vers Cabo Frío, le décor prend

un tour domestiqué. Des brise-lames, des digues, des complexes hôteliers mettent le rivage en coupe réglée. Búzios est réputé être le Saint-Tropez brésilien, il n'imaginait pas ses environs laissés en l'état. Pour ce qu'il en sait, il s'agit d'une presqu'île colonisée à l'époque hippie par la jeunesse dorée carioca. Seize plages l'entourent que bordent d'anciennes maisons de pêcheur réaménagées.

A l'arrivée dans le petit port, l'inquiétude le rattrape. Il ne sait rien de ce que Mme Moraíme attend de lui sinon un travail de garde du corps qui lui semble de peu d'utilité au vu de la tranquillité et de l'isolement du village où elle s'est retirée. En outre, il ignore tout de sa fille. Il l'avait presque oubliée, mais son existence lui paraît soudain être une source de menace. Il a grugé le personnel de Cão de Guarda, il a trompé le flair des rottweilers, mais saura-t-il abuser une gamine qui se distingue peut-être, comme souvent les enfants, par sa malignité ?

Johann se fige quand le bus s'immobilise sur un parvis ombragé. Qu'est-ce qui l'empêche de continuer le voyage et de ne descendre du bus qu'à son terminus, à Recife ? Il laisserait sur place cette peau de maître-chien dont il ne savait plus que penser il y a cinq minutes. Il rejoindrait Paris, son existence première – *son* existence – et Laurane peut-être. Non, même s'il a conscience que ce faisant il s'enfonce un peu plus dans la nuit du mensonge, il empoigne la laisse de Stan d'une main et son sac de l'autre. Tout est préférable à la lumière crue de sa vraie vie. Déjà il sent revenir cette euphorie qui le porte lorsqu'il lui semble être à la fois complètement seul et complètement partie prenante de ce qui l'entoure, comme s'il faisait son public du monde entier. Déjà il retrouve la fierté extrême qu'il éprouve à l'idée que personne, pas même un homme de l'art, pas même celui dont il a pris la place, ne ferait un meilleur maître-chien que lui.

Le taxi-brousse qui l'a déposé connaissait le chemin. Ils ont roulé dix minutes à travers une jungle bombée de belvédères naturels. Une grille et un portail ferment l'enceinte de la maison qui disparaît sous l'immense triangle beige de son toit. La brise soufflette les toupets de paon des palmiers ; la façade doit donner sur la mer. Une femme noire lui ouvre, qui arrive de la cuisine, un tablier noué à la taille et une poignée de noix de cajou à la main. « *Oi! Va em frente* », lui indique-t-elle en jetant un œil sur le chien. Johann avance donc tout droit et traverse un vaste séjour dont le plafond moucheté de lentilles de verre recrée les jeux de lumière d'un sous-bois. Une table basse, une banquette aussi longue qu'un gradin de court central, un sol de pierre polie : le comédien ne prête pas plus attention au décor, il a le trac.

Magalheís Moraíme prépare des jus de fruit sur la

terrasse. Il hésite un instant car elle est de dos et arbore une crinière bouclée qui n'était pas la coiffure de la directrice qu'il a rencontrée. C'est bien elle pourtant. Le teint hâlé, elle porte un pantalon corsaire rouge et un débardeur blanc avec une guitare peinte sur le devant. Elle est pieds nus et ses ongles, de véritables griffes, l'éloignent plus encore de l'image apprêtée qui était la sienne dans le souvenir de Johann.

Oui oui, il a fait bon voyage, il a l'habitude de se lever tôt. Il n'a pas eu de mal à trouver la villa, non. Tout le monde la connaît à Búzios on dirait, ou plutôt connaît sa discrétion. Il a cru comprendre qu'on parle d'elle comme de la Greta Garbo locale. Elle s'esclaffe et répète « Greta Garbo » en toquant sa tempe de l'index. Elle passe du coq à l'âne avec un sourire d'une rare blancheur. « Ce n'est pas que j'aie peur d'une agression. Dites-moi juste si l'on nous surveille. » Il n'y avait presque pas d'accent dans ces mots. Johann a le sentiment qu'elle vient de lui donner son unique consigne et qu'elle n'y reviendra pas.

La chambre qu'il va occuper se situe à l'étage. Son cabinet de toilette est aménagé au bas d'un puits de lumière le long duquel s'élèvent des barreaux d'acier semblables à ceux des échelles fixes des paquebots. Le lit est si grand que Johann demande s'il ne lui faudra pas se munir d'un visa pour passer d'un oreiller à l'autre. Mme Moraíme rit de sa plaisanterie. A-t-il amené d'autres affaires que son équipement de vigile ? A Búzios même, ou sur la plage, il vaudrait mieux ne pas parader « en grande tenue » comme elle dit. Non, il ne lui serait jamais venu à l'idée d'amener ses vêtements civils – il les a relégués au fond du casier 333. Elle le toise, disparaît, et revient avec un tee-shirt, un maillot de bain et des sandales. « Vous n'aurez qu'à garder vos pantalons de service quand on ne sera pas sur le sable, ils sont à la mode. » Avant de redescendre au rez-de-chaussée dans son nouvel appareil très couleur locale – une marque de surf a imprimé son logo arc-en-ciel au dos du tee-shirt –, Johann passe devant la chambre principale dont l'angle de verre s'avance vers l'océan comme s'il était taillé à la proue d'un bateau qui prend le large.

Il suit son hôtesse dans l'office desservant la cuisine, pour déboucher sur un jardin verdoyant. Au milieu de la pelouse, une enfant dans une chaise longue est absorbée par l'étude de ce qui ressemble de loin à des cailloux. Elle grandit à mesure qu'ils approchent et tient maintenant l'un des coquillages qu'elle a retiré de la serviette qui lui couvre les jambes. Elle a les cheveux raides d'une petite squaw. Elle se redresse vers Johann pour lui serrer la main. Une montre a laissé son empreinte vanille sur le cuivre de son poignet.

Il a immédiatement envie de sympathiser avec elle, d'autant qu'il sent le regard de la mère mesurer l'entente qui sera la leur durant ces jours de cohabitation. Il avise les bols remplis de coquillages disposés en arc de cercle autour de la chaise. « Tu as l'air de t'y connaître, tu les classes par milieu d'origine. » Elle n'a pas douze ans mais s'exprime doctement : « Les classer par forme c'est pour les bébés. Ici les fonds meubles, dans ce tas-là les durs, là les formations ma-dré-po-riques – elle articule –, là les particuliers. Et ici, à votre avis ? » Johann s'accroupit, le nez tout proche de l'ongle nacré du juvénile index. « Par élimination, je dirais les continentaux. » Lygia lève son pouce bien haut pour le féliciter de sa bonne réponse. « Range tout cela. On part à la plage », intervient Mme Moraíme qui se saisit d'un sac en plastique et repose sur les accoudoirs de la chaise longue deux petites béquilles jusque-là couchées dans l'herbe.

La serviette-éponge vert citron glisse sur le côté. La jambe droite de Lygia est atrophiée. On dirait le bras d'un bébé qui pend jusqu'au genou le long de sa cuisse gauche. Elle enfile un paréo. « D'habitude j'ai une prothèse, mais pendant les vacances j'en profite. » Elle clopine en s'appuyant sur une béquille, emportant la pile des bols de coquillages dans sa main libre. Avant de se lever, elle a fait courir cinq doigts de porcelaine sur le front du rottweiler.

Johann le regarde. Il n'est pas certain que ce chien donnera ici le meilleur de lui-même. Il doit lui trouver un abri pour la nuit – la cabane à outils fera l'affaire aussitôt qu'il y aura déroulé sa couverture imperméable – et un périmètre d'évolution pour la journée. Il plante un piquet d'acier à l'ombre d'un genre de ficus et y attache la longe du chien réduite à trois mètres. Il lui apporte une bassine d'eau et jette dans la gamelle la pastille effervescente d'un vermifuge : pour une bête si réglée dans ses habitudes, tout changement de cadre de vie nécessite une hygiène redoublée.

Un véhicule gris métallisé sommeille dans le garage. Mme Moraíme charge un grand panier et deux planches de surf de tailles différentes sur le plateau arrière – elle verra sur place laquelle convient aux vagues du jour. Bien que Johann se soit proposé pour prendre les commandes, elle grimpe derrière le volant. Il soulève Lygia – poids plume « deux cents combats, deux cents victoires » – et la dépose entre lui et la conductrice qui vient de provoquer le barrissement du pick-up d'un coup d'accélérateur.

Le véhicule bondit sur la route de terre qui mène à Geribá, à la pointe de l'isthme, là où les rivages sont les moins accessibles. La radio diffuse une chanson dont Mme Moraíme reprend le refrain. Sa voix de mêlé-cass a un grain suave quand elle fredonne. « Vous n'imaginiez pas en venant que vous entendriez Doña Chef vous chanter du Caetano Veloso, pas vrai ? » La jambe infirme de Lygia tapote la cuisse de Johann. Elle lui a chipé sa paire de lunettes de soleil et s'amuse à singer – mains sur le guidon et rictus menaçant – les motards de la police américaine.

Trois camionnettes stationnent sur un parking sauvage planté de cocotiers. Le pick-up s'arrête au bord de la plage. Mme Moraíme ouvre sa portière et se hisse à l'extérieur, un pied sur l'accoudoir et la main en visière pour regarder au loin. Elle évalue les courants, le coefficient de la marée, ce que les surfeurs à l'eau en font. « Je ne vais pas casser ma planche », ironise-t-elle. La houle ne doit pas être bien puissante. Johann ne peut en juger. A cette distance il faut un œil d'expert pour estimer l'appétit de l'océan.

Il prend Lygia sous un bras et les deux planches glissées dans une même housse sous l'autre. Arrivé sur le sable qui borde le gravier du *retrait*, il ouvre le parasol et déplie les serviettes de bain. Mme Moraíme examine les liserés d'écume. Elle ôte vite son polo puis referme dans l'épaisseur du Néoprène la fermeture de son *top*. Il s'agit moins de se protéger du froid que des brûlures occasionnées par le raclement de la planche.

Ses cheveux dans le vent ont des battements de flamme. Elle s'est avancée dans l'eau sans leur dire « à plus tard ». Elle a choisi la planche la plus petite, orange marquée d'un éclair jaune. « C'est un *fish* », explique Lygia qui semble ferrée à glace en matière de surf. « Dans des vagues très creuses comme celles d'aujourd'hui il faut être rapide et bien accrocher la paroi. Les bords de cet engin sont de vraies lames de rasoir. Avec lui, impossible de rester coincé dans un tube. On m'a dit que l'on a l'impression d'être soufflé par la sarbacane d'un dieu et qu'il suffit pour en sortir de laisser voler la fléchette qu'on a sous les pieds. » Si sa mère commençait à lui parler de sa planche Cruiser Corail, il aurait droit à toute l'histoire de son inventeur, Gerry Lopez, qui pratiquait à Pipeline sur l'île d'Hawaï, la mecque du surf dans les années soixante-dix. Elle lui raconterait qu'elle l'a connu toute jeune, comme elle a connu un tas de grands noms qui ne lui diraient probablement rien. Elle a été l'une des premières filles à surfer au Brésil. Son père lui avait acheté une planche alors qu'ils étaient en vacances en Californie. Elle l'a ramenée et s'est fait une place parmi les pionniers de l'Arpoador. Elle a même remporté quelques compétitions sous les piliers de bois des pontons d'Ipanema.

A en juger par l'aisance avec laquelle elle dévale les flots, elle a gardé un bon niveau. Les trois surfeurs qu'elle a rejoints ne lui contestent d'ailleurs pas la priorité sur la zone où ils s'élancent. Elle en profite pour multiplier les départs au plus haut de la déferlante et se dresser dans les crins de perle que le vent arrache à la lèvre violette. Elle file côté gauche au pied de la furieuse qui s'abat déjà dans un nuage de mousse, et trace à son levant – toujours à la limite du déséquilibre – des *s*, des *m*, des *w*, tout un alphabet inspiré. Sa geste s'achève avec une figure en forme de point d'interrogation – un « roller » selon Lygia – qui déploie au-dessus de sa tête une auréole dorée comme on en voit sur les saints des églises baroques du pays.

Les commentaires de la fillette aident Johann à se faire une idée du style de Mme Moraíme : elle aime les trajectoires fluides, la prise de vitesse et la recherche du tube, quand la vague s'enroule et forme un couloir de cristal entre le chaos des eaux qui basculent et, tout au bout, une fenêtre sur le ciel. Elle n'est pas du genre à tronçonner l'onde à coups d'acrobaties syncopées. Elle prise le mouvement le plus simple, l'épure, adoptant souvent sur sa planche la position dite de « la mouette blessée » – genoux à peine fléchis, bras ballants très en arrière – immortalisée au dire de la savante Lygia par un certain Mark Richards, dont les boucles blondes et les attitudes d'ange déchu firent les grandes heures des reportages photographiques du magazine *Surfer*.

Johann se retourne parfois en direction du parking pour vérifier que personne ne les observe. Le temps de s'assurer que le comportement des trois types qui prennent des photos au téléobjectif ne présente rien de suspect, il a perdu de vue Mme Moraíme. « *Atrás* », murmure Lygia. Mais derrière quoi exactement ? Alors il la distingue plus au fond, qui monte sur le dos de la vague qu'elle veut passer. Elle rame dur afin d'atteindre le sommet. La houle a grossi et la série qu'annonce cette titanesque avant-coureuse l'emporte de haut sur les précédentes. Mme Moraíme disparaît de nouveau de l'autre côté de la cime qui blanchit. Il imagine sa chute sur la face cachée et qu'elle redouble d'efforts pour franchir l'obstacle suivant avant d'être balayée. Les surfeurs restés en arrière disparaissent au premier bouillon.

Elle n'a pas le temps d'escalader la muraille qui va s'effondrer. A mi-chemin, elle encoche la vague du bout de sa planche et pénètre d'un coup de reins sous l'écume. Elle reprend son souffle puis dirige la pointe de son surf vers le sable. Une nouvelle déferlante se cabre et l'emporte. Elle est debout si vite qu'il ne voit pas comment. Elle glisse à toute allure. L'ombre des flots la rattrape et l'enveloppe. Elle ne descend pas entièrement pour rester collée à la paroi qui s'incurve. Un tunnel se dessine dans lequel elle s'engouffre. On dirait un oiseau filant derrière le rideau scintillant d'une cascade. Pendant deux, trois, quatre secondes, la vague et la surfeuse échangent comme une caresse.

Après le déjeuner – Flavia leur a servi un *carangueijada*, un crabe au laurier – Mme Moraíme prend une douche dans le cagibi en bambou situé au fond du jardin. Johann prépare la gamelle de Stan. De la cabane à outils, il entend le jet d'eau voleter hors du tuyau d'arrosage, enrober de son ruissellement le beau corps lavé et claquer par terre. Se doute-t-elle qu'il se trouve juste derrière la palissade et qu'il imagine le moindre de ses gestes en écoutant les bruits de son savonnage, comparables – se dit-il – aux reptations des barracudas qui se fouettent de la queue quand ils viennent d'être pêchés ? L'eau cesse de couler. Mme Moraíme va se reposer dans sa chambre.

Lygia a repris le tri de ses coquillages. Johann lui offre de l'aider et s'assoit au pied de son transat. Son trésor, elle l'a constitué au fil des voyages qu'elle a effectués avec son père ou sa mère pour les vacances. Elle pense avoir plongé partout dans le monde, exception faite des pôles et des mers intérieures qu'elle ne connaît pas. Elle ne sait rien de plus merveilleux que les coquillages. Le raffinement de leurs formes et de leur émail l'enchante. Elle les préfère de loin aux pierres précieuses – moue de dédain – qu'il faut tailler pour que leur éclat se révèle et dont la rareté – le prix en réalité – exige le pompeux respect du quidam. Non, ce qu'elle trouve de fascinant dans les curiosités qu'elle lui tend maintenant c'est que, justement, la sophistication de leurs contours et la délicatesse de leurs matières soient le patient chef-d'œuvre du plus banal des mollusques.

« Regardez celui-ci. » Elle dépose sur le coussinet de

sa paume un petit cône spiralé gris cendré. « On l'appelle *Tectarius manicatus*. Remarquez son chapeau hérissé de petits grains comme s'il avait la chair de poule. Les bourrelets sur le dernier tour sont plus étroits, ça donne une impression de mouvement. » Johann estime qu'il ressemble à la toque en zibeline d'un cavalier tatare. Le visage de Lygia s'éclaire. « *Ta lógico !* » s'écrit-elle en levant encore son pouce. Elle va l'appeler ainsi désormais : la toque du cavalier tatare. Et s'ils les rebaptisaient tous ? Commence alors une fantaisiste séance de rédaction – Lygia s'est munie d'un papier et d'un crayon – pendant laquelle ils font correspondre chaque coquillage à la chose qu'il leur évoque. Sur une colonne le nom scientifique, sur l'autre son titre de gloire.

Au début, Johann est entièrement mis à contribution. Lygia latinise, attend la bonne parole puis la transcrit, enthousiaste, sans toujours comprendre. L'*Architectonica perspectiva* avec sa spirale noisette devient par exemple l'Escalier de Vertigo. L'*Arcularia Gibbosula* est converti en Langue de chat. L'*Aspella* se transforme en Amphore et le *Scaphella Junonia* qui lui ressemble est surnommé l'Amphore léopard à cause de son fuselage moucheté. Le *Cerithium* devient le Château des Carpates, l'*Erosania* le Vase de Chine, le *Guildfordia* l'Étoile rouge, le *Neritina Virginea* l'Œuf de dinosa ure, le *Chlamys* à larges stries se traduit par Éventail de geisha, le *Fusinus* par Hippocampe et le *Turbinella* par Torche bleue. Peu à peu, Lygia prend les devants.

Elle invente la Toque du cuisinier, la Griffe de sorcière, le Rubis, l'Aile de libellule, la Tête de mort, la Fusée spatiale, le Cœur, la Glace vanille-chocolat, le Surf, la Défense d'éléphant, la Dent de Stan – il dort à l'ombre, elle peut se moquer –, l'Œil de verre, la Goutte de lait, le Sceptre, la Caverne d'Ali Baba, et ainsi de suite. A court d'idées, elle bute sur le dernier spécimen, un *Cyprea pantherina.* Johann l'examine et propose d'abord de l'appeler le Bonbon. Sa coquille d'un rose estompé, oblongue et globuleuse, brille en effet comme si elle allait fondre dans la main. Mais le dessin du labre et de la columelle, ornés de dents régulières et translucides, le fait changer d'avis. Bien sûr, ce sera la Bouche de Lygia.

Elle arrache en douceur la peau blanchâtre qui recouvre le bout de son nez, le tour de ses lèvres et la pointe de son menton. Elle en fait une boulette qu'elle réingurgite immédiatement. D'accord, elle souffle les plus grosses bulles de chewing-gum qu'il lui a été donné d'admirer. Mais qu'elle lui parle donc encore un peu de Miami. Oh, pas grand-chose qu'il ne connaisse déjà. Elle vit avec son père dans une *gated communitie* et Whitley Heights est l'équivalent d'un condomíno de La Barra – il pourrait d'ailleurs venir y travailler un jour, ce serait bien. L'association des copropriétaires est un véritable gouvernement de riverains qui a la passion du règlement. Elle décide de ce qui peut être vu par la fenêtre des villas, de la couleur des façades, du poids des animaux de compagnie et de celui des poubelles de chacun. Elle limite l'âge minimum d'accès à la propriété – d'autres en Floride choisissent l'origine raciale ou la religion des membres de la communauté. Elle dicte les formes des boîtes aux lettres, le type de décoration des jours de fête. Il est interdit de fixer un panneau de basket qui se verrait de la rue, de se garer dans l'allée principale. Si les particuliers veulent discuter entre eux, il y a le Country Club ou la cafétéria du lotissement. Il n'est pas question de s'attrouper à l'improviste. La demande pour obtenir l'autorisation d'organiser un barbecue doit être formulée une semaine à l'avance – il s'agit d'avoir foi en la déesse Météo. Lygia trouverait indécent de se plaindre de ces conditions de vie. Si elle a grandi dans un endroit pareil, c'est que sa famille est riche. Elle est née alors que ses parents venaient de se séparer. Comme sa mère voyage beaucoup, ils ont pensé que ce serait mieux pour elle, surtout avec sa jambe, d'habiter avec *daddy*. Elle est inscrite dans une école française : son père est d'origine suisse, « comme le père de maman. Marrant, vous ne trouvez pas ? »

Lygia s'est couchée en emportant quatre coquillages au lit : l'Hippocampe, le Magicien, le Sceptre, la Fusée. Elle n'a cessé de jouer avec eux pendant le dîner. Si Johann se sent tellement détendu ce soir, c'est grâce à cette fillette devant laquelle il n'a pas eu à se dissimuler de toute la journée. Elle dort à présent, ses béquilles suspendues à la tringle à rideaux de sa fenêtre comme les cannes des miraculés à l'entrée de la grotte de Bernadette Soubirous. Il savoure un moment le silence du sous-bois qu'un cri rauque balafre parfois en haut des palétuviers. Personne sur la route, Stan qui se tient tranquille : il peut faire demi-tour, s'endormir lui aussi.

Une lumière diaphane marbre les murs du salon. La terrasse est plongée dans l'obscurité. Le grain rougeoyant qui semblait briller au large parmi les feux des bateaux n'est pas une lampe-tempête de plus mais la braise d'une cigarette qui fume presque sous son nez. Mme Moraíme se lève du fauteuil en rotin qui l'enveloppait entièrement et lui remplit une coupe de champagne rosé – dix bouteilles au moins rafraîchissent à la cave. « Vous n'êtes pas très bavard, monsieur Johann. J'espère que Lygia et moi ne vous intimidons pas. »

Elle lui parle de Paris mais n'évoque que les hôtels, les brasseries, les boîtes de nuit qu'elle fréquente là-bas. Elle est ravie de l'entendre prononcer les mots *la Butte-aux-Cailles* quand il tente de localiser son studio. Elle raconte qu'il y a deux ans elle a passé six mois au dernier étage d'un hôtel de Saint-Germain-des-Prés, le Montana. Elle est retournée dans le café où son père l'emmenait adolescente. Elle était en pleine déprime : elle y restait des après-midi entiers, toujours à la même table. Deux garçons bienveillants, en tablier et nœud papillon noirs, se postaient devant elle pour la cacher lorsqu'elle se mettait à pleurer. « Vous savez, ma vie n'est pas simple. » Non, il n'en sait rien. Que veut-elle dire ? Le tour intime qu'emprunte la conversation le surprend autant que cette phrase de cinéma. Mais Mme Moraíme change de sujet. « Lygia vous trouve bizarre. Elle s'étonne que vous, un vigile, soyez aussi calé sur les coquillages et sur un paquet d'autres choses. Arrêtez-moi quand vous jugerez que je parle trop comme elle, cela m'arrive quand on se retrouve. Je lui ai répondu que les petits Français ont d'excellentes écoles. Ai-je eu raison ? »

Le ton de sa voix s'est teinté d'ironie, de suspicion peut-être. Il la fixe sans répondre. Elle ne porte aucun linge de corps sous sa longue chemise blanche. Les bouts de ses seins apparaissent en transparence comme les deux flèches bistre de deux coupoles dorées à froid. Le sillon de chair dans l'échancrure tendue à rompre de son vêtement témoigne de la générosité du buste. Parce que celle qui en dispose se tient à moins d'un pas, cette poitrine abondante est à portée de main. Il se contient pourtant. « *Boa noite, doña Magalheís.* – Bonne nuit, monsieur Johann. »

Quelques battements de palmes le propulsent sous l'eau. Il ondule, les bras le long du corps. Ses nageoires jaune et vert ploient sur le fond sablonneux. Il revient à la surface et s'arrête, en suspension. Un îlot blond accueille une colonie de mouettes à une centaine de mètres. Les bruits de la plage lui parviennent un par un, dans le désordre, comme les pièces multicolores d'un jeu de construction dont on vide la boîte sur le sol. Les rires de quatre copains en pleine démonstration de *bodyboard*, les trilles d'enfants, les vociférations d'une mère, le laïus d'un vendeur de beignets, se détachent du brouhaha que le vent rabat vers lui. La plage de Búzios est la plus fréquentée de la presqu'île. Le bord de mer est construit de petits hôtels. En début de soirée, les bars feront vrombir leurs baffles et inonderont le sable d'une musique de discothèque. Ils seront partis depuis longtemps : le vent de terre qui soulève les meilleures vagues tombe à midi.

Elle passe près de lui, le contourne, lui lance un clin d'œil et repart vers la rampe de lancement, là où les déferlantes sont à leur plus haut. Cinq ou six surfeurs la saluent du signe rituel : pouce et auriculaire dressés en l'air. Johann la suit en crawlant et passe derrière la ligne où naissent les rouleaux – la barre – pour ne pas gêner les athlètes au départ. La nouvelle venue est déjà debout et file sur la gauche. Placé comme il l'est, il distingue sa tête ruisselante qui frôle la lèvre retroussée. Elle disparaît et il tente de la suivre en imaginant sa glissade au creux du toboggan. Il porte le regard plus loin sur le côté, à l'endroit où elle va ressortir si elle n'est pas tombée. Et en effet, elle délaisse sans à-coup, comme l'hydravion plane avant d'amerrir, la lame qui ne la porte plus. Elle se rallonge et bouclant la boucle qu'elle a entamée dès son envol, rame de nouveau vers la piste de décollage.

Entre deux séries, il revient vers la rive. Il se poste de manière à la contempler de face. Elle l'a vu et part dans sa direction. Prise de vitesse, bond agile, bras qui s'entrouvrent. Elle reste très fléchie pour ne pas toucher la vague qui s'enroule autour d'elle. Puis, avec une *vista* de fille de la mer, elle effleure de la tête, pour le plaisir – ou pour l'épater –, la voûte limpide qui la couronne alors d'une floraison d'éclaboussures. Le goulot s'étrécit. Elle pose son genou droit sur le fish, agrippe le bord extérieur de la planche et froisse l'eau de sa main libre. De grosses grappes blanches éclosent sous ses doigts. Il doit piquer sous le surf pour éviter d'être harponné. Au moment de plonger il l'entend rire.

Plus tard, elle se penche en avant pour revenir vers la face courbe d'une vague qui l'a fait dévier de sa trajectoire. En appuyant fort sur son pied arrière, elle plante ses dérives dans le glacis sous la crête et, comme pour jeter un œil en bas, elle tourne sa tête par-dessus son épaule avant que son buste, sa taille, ses hanches suivent, dans cet ordre, son regard. D'un coup de patte brutal elle rabat sa planche dans le sens de la pente et descend, en diagonale cette fois, le mètre cinquante d'eau qui fait corps avec elle.

Figure de proue du Péquod au flanc de Moby Dick, elle griffe la vague écumante, pas assez vite cependant pour échapper aux eaux qui se referment. Elle vise alors la cime des eaux et s'en sert comme d'un tremplin qui la projette dans les airs au-dessus des remous. Elle se pose en absorbant le plus gros des turbulences par une profonde flexion des jambes. Ses dérives manquent de l'entraîner dans un tête-à-queue mais tout son corps résiste.

Ce saute-mouton lui a permis de passer l'obstacle et de poursuivre son raid, car le jeu ne s'arrête pas là. Elle esquive les chausse-trapes des déferlantes et c'est un chat perché. Elle entre à l'aveugle dans le colimaçon d'un rouleau et c'est un colin-maillard. Elle escalade les vagues jusqu'au ciel avant d'être renversée et c'est « un, deux, trois, soleil ».

« Johann… Johann… » Lygia l'accueille juchée sur son lit. Il craint de briser le petit rocking-chair dans lequel elle l'invite à s'asseoir. Elle déplie un mouchoir devant elle et choisit les coquillages qui vont correspondre aux personnages du récit qu'elle entreprend. Elle s'est mis en tête de conter la légende d'Oshun à Johann quand celui-ci a appris, médusé, au détour de la conversation – jus de fruit et champagne rosé sur la terrasse – que depuis dix ans Quinta do Céo, le quartier de Rocina d'où provient la majeure partie des effectifs de la société, dédie à Mme Moraíme le char qui les représente au Carnaval : ils donnent la figure de la déesse Oshun à l'équipage, parce qu'elle lui ressemble paraît-il.

A l'origine, cette divinité de la beauté et de la guerre appartient à l'Olympe des Yorubas du Niger. Ici on la nomme Notre-Dame de la Chandeleur et on la représente les bras couverts de bracelets. « Le passé de maman dans les bijoux doit être pour quelque chose là-dedans. » Ses autres attributs sont l'arc et l'épée. Ses couleurs sont l'or et le vert ; ses éléments, le feu et l'eau. Bahía est son royaume d'adoption. Le sang des coqs et des boucs y coule pour elle dans l'espoir d'un mauvais sort bien jeté.

Lygia plie son membre malingre sous sa jambe – elle le manie comme s'il s'agissait d'une excroissance de son corps qu'elle transporte partout sans y accorder d'importance – et lui présente les protagonistes de son théâtre de marionnettes. Un coquillage en forme de pistolet jouera le rôle de Shangoa, le dieu du tonnerre. Une étoile dorée celui d'Oshun. Un fuseau beige sera Oya, la rivale. Xango, le premier mari d'Oshun, à qui cette dernière livre sa sœur parce qu'elle devine qu'il va partir à la guerre où il périra avec celle qui l'accompagne, est interprété par un lamellosa à col trapu.

Veuve, Oshun épouse Shangoa qui est déjà marié. Il

a rencontré sa première femme en chassant : il allait abattre un buffle prodigieux quand il a vu l'animal se dépouiller de son cuir, ôter sa coiffe de corne et prendre l'apparence d'une superbe femme, Oya. Celle-ci accepte les noces qu'il lui offre s'il consent à garder son secret. Il jure mais c'est compter sans la troublante Oshun qui l'amène à se dédire en l'enivrant. La jalouse parvient ensuite à convaincre sa concurrente de se couper les oreilles et de les ajouter à la soupe du dieu pour gagner son cœur définitivement. D'une pierre deux coups : Oya perd et son charme et son pouvoir de métamorphose. Hélas Shangoa n'a pas la réaction qu'attendait Oshun. Il ne se retourne pas vers elle. Fou de rage il transforme les ennemies en deux rivières dont les remous boueux, là où leurs eaux se joignent, témoignent encore de leur querelle. Et Lygia de frotter l'une contre l'autre, en guise de tableau final, deux larges coquilles céruléennes.

Le temps d'applaudir l'artiste et de se dégager de la chaise à bascule, Johann jette un œil à la chambre. Il passe en revue une toile de style naïf qui représente une panthère noire allongée près d'un téléphone rouge, une montagne de vêtements dressée devant l'armoire censée les contenir, un mur de photographies de copines en vacances – pas un cliché de sa mère pour le renseigner un peu plus à son sujet –, un pouf et un impressionnant bouquet de raquettes de tennis, de squash, de badminton, de ping-pong, jaillissant d'un vieux sac de golf. Il note au passage que la Bouche de Lygia est exposée sur le museau de l'ours en peluche grandeur nature qui tient la garde à la porte.

Il va se retirer quand son regard rebondit sur les anthologies de coquillages empilées sur la table de chevet et s'arrête sur le livre de poche dont la couverture rutile sous l'abat-jour écarlate de la lampe. « Dis donc voleuse, tu m'as chipé mon livre. » Lygia s'immobilise, toute confuse. Il ne se doutait pas qu'elle se sentirait tellement prise en faute. « Ne t'inquiète pas, je te le prête. Je ne sais pas pourquoi je l'ai emporté. Remarque, en France, je ne sortais pas de chez moi sans un livre. »

Il s'est assis sur le lit et feuillette l'ouvrage en laissant glisser son pouce sur la tranche. Le battement des pages tournées soulève les cheveux de la petite qui s'est penchée dessus. *Salammbô*. Un cadeau de Laurane. « C'est bien, non ? Ça te plaît ? Tu commences à peine – la page 56 est cornée. Tu as déjà lu Flaubert ? Quand même pas. Tu sais, ce livre était pour lui une "thébaïde". Une thébaïde, c'est une retraite, un lieu de solitude. Il a voulu ressusciter un univers (en réalité, il l'a créé) qui le sauve du «monde lamentable». Le monde lamentable, c'est le monde moderne selon lui. Tu as remarqué la beauté de la langue ? Il détestait la joliesse autant que le laisser-aller. Alors il s'inspire de l'épopée, et son texte roule et s'emporte avec la vigueur d'un fleuve. Tu as lu l'arrivée des lions crucifiés à Sicca ? Fabuleux, hein ? Tu verras, ça continue. Le voile sacré, les tortures, le défilé de la hache, le sacrifice de Mâtho. Et Salammbô, splendide, folle de l'envie d'aimer. » Il se souvient de ce que lui disait Laurane de ce livre « pourpre » mais préfère laisser Lygia le découvrir.

« Tu aimes lire, alors ? » Elle pense que oui. Elle a peu de livres et aucune de ses amies n'en possède. Comme vrais livres, elle a lu *Robinson Crusoé* en anglais et *Poil de carotte* en français. Elle tient l'imagination des écrivains pour un pouvoir magique. « De toute façon, l'imagination est si puissante, si plus grande que tout, qu'elle dépasse même la vie. » Parfois, c'est bizarre, elle se dit qu'elle est morte il y a longtemps et qu'elle continue de vivre en imagination parce que cela permet d'abord de combattre la tristesse. « Si ça se trouve, on ne sait jamais qu'on meurt parce que chacun continue de vivre en imagination. » Johann l'approuve : « Tu as peut-être raison. Ce qui est sûr, c'est que les vrais écrivains n'attendent pas la mort pour user de ce pouvoir. »

Ses yeux s'habituent à l'obscurité. La lune n'a pas encore fait son apparition. Dans le jardin endormi, il a cru distinguer une ombre qui s'affaire près de la cabane à outils. Or son chien ne porte pas la voix. Il s'approche et découvre Mme Moraíme à genoux qui lave Stan au jet d'eau. « Vous êtes sûr que vous vous en occupez suffisamment monsieur Johann ? » De fait, il l'a nettoyé ce matin. Mais si madame la Directrice l'a jugé sale, c'est qu'il s'est vautré dans ses excréments après leur dernière ronde.

Ses doigts vont et viennent sur le pelage charbon. Jamais Johann n'aurait pensé qu'un chien d'attaque puisse s'alanguir ainsi sous une douche froide. Elle poursuit l'arrosage avec savoir-faire, n'hésitant pas à saisir les bourses du cerbère et à les frotter avec un lent mouvement giratoire de la paume. Son regard se lève vers celui qui l'observe. Le gel antiseptique mousse sur les lourdes bogues. Quand le membre de la bête prise d'une sorte de transe réagit à la manipulation qu'elle lui prodigue, elle ne s'interrompt pas. Elle ne quitte pas non plus le maître-chien des yeux. Un long manche brille dans sa main, qui crache maintenant sa lame de lait jusqu'aux pieds de Johann.

Elle essuie les griffes maculées du rottweiler et le boucle dans la cabane. Quand elle revient vers lui, quatre losanges dorés disparaissent du gazon : Lygia vient d'éteindre. Il s'empare de ses poignets et la prie de descendre de ses hautes sandales à semelles de liège. D'être mise pieds nus est loin d'être anodin : là est le premier des assujettissements. Il la prend par le bras, la fait tourner sur elle-même. Côté gauche d'abord, puis sur le droit. Il lui tient haut les mains et ses aisselles fleurent l'aigre parfum qui le motive toujours. Elle se laisse guider, visiblement surprise par sa propre reddition. Elle valse autour de lui qui la dirige geste après geste. Quand le vertige guette et que ses pas trébuchent, il l'arrête d'un coup et lui souhaite de beaux rêves.

Johann se reproche d'avoir été trop loin. A vouloir déstabiliser Mme Moraíme, il risque de la froisser inutilement. Elle s'est fort exposée dans sa provocation et il lui a battu froid en parfait mufle. Que sait-il des conséquences de ses esquives sur une femme qui n'a jamais eu à attendre pour que quatre ou cinq flammes de briquet se tendent devant la cigarette qu'elle tire de son étui ? Depuis qu'il a compris qu'elle cherche à le séduire, son instinct lui commande de ne pas céder. Au contraire, lorsque l'occasion se présente, il s'efforce d'inverser les rôles, de jouer le chaud et le froid, de « l'allumer » comme dirait Lygia. Un je-ne-sais-quoi l'intrigue dans l'attitude de la directrice : il n'y voit pas que l'expression d'un désir mais aussi celle d'un calcul dont il ignore le fin mot. Ce qu'il sait en revanche, c'est qu'il a plaisir à mener la danse avec une femme qui, sur le plan de son *sex-appeal*, n'a jamais été mise en situation de douter.

Il ne dort pas encore lorsqu'elle entre dans sa chambre. Son haleine sent le champagne. Les volets roulants étant hermétiques, ils ne se voient pas – à moins que le regard de l'intruse ne perce ce noir total. Sa voix est basse. « Vous me prenez pour une idiote ? Vous croyez vraiment que je ne sais pas que vous n'êtes pas maître-chien ? Vous savez, des gens qui se haussent du col, j'en ai croisé, comme tout le monde, ils m'amusent. Par contre les gens qui se dévalorisent, qui taisent leurs succès, qui cachent leurs qualités, ils m'inquiètent. Vous n'êtes pas maître-chien parce que vous ne parlez tout simplement pas comme un homme qui vit dans un chenil et qui gueule après trente fauves depuis dix ans. Rien que votre prononciation vous dénonce. Laissez-moi vous dire, si vous tenez à peaufiner votre personnage, que vous donnez l'impression d'avoir avalé un dictionnaire. Vous pensez que je ne vous entends pas discuter avec Lygia ? Ce n'est pas dans les formations cynophiles qu'on vous enseigne des choses pareilles. *Merda!* Vous me prenez pour qui ? Vous n'avez même pas été fichu de repérer les trois agents du fisc qui me prenaient en photo à Geribá. Vous imaginez que je gobe votre petit numéro de premier de la classe ? Qui êtes-vous, nom de Dieu ? Si vous étiez de la police vous seriez déjà dans mon lit ou sur le talon de mon carnet de chèques. Alors, c'est Hermann ? C'est ça ? C'est lui qui vous envoie ? Décidément, le niveau baisse. Laus était crédible au moins. Il avait l'air d'un vrai pauvre type. Vous lui direz à votre monsieur Hermann qu'il devrait se ressaisir. Ou bien envisager la retraite, comme moi. Non, vous allez lui dire de me laisser tranquille. Entendu ? Me laisser tranquille. *Palavrão!* je connais le tarif. Qu'est-ce qu'il croit ? Que je vais le balancer maintenant ? Il est complètement malade. Je vais vous expliquer, Johann – Johann ou autre chose d'ailleurs. Il n'a jamais supporté que je me refuse à lui. Encore aujourd'hui, à son âge, ça le rend fou. Il voulait que je sois sa maîtresse. Attention, sa "favorite". Il n'a rien obtenu et il ne le digère pas. Résultat il me harcèle, il m'interdit de me retirer, il m'envoie des taupes dans votre genre. On vous donne l'ordre de vérifier que je ne prépare pas ma fuite ou que je ne m'arrange pas avec les autres, en réalité vous êtes juste là pour rassurer Hermann à propos d'une affaire qui lui est très personnelle. Voilà, je vous laisse. Sachez seulement que je ne suis pas dupe de vous. »

Il se lève, la tête lourde, encore pleine de la voix d'orage de sa visiteuse du soir. Après son départ, il est resté allongé, immobile, disséquant les puces que Mme Moraíme lui avait mises à l'oreille. Comme le talc des cambrioleurs blanchit les rayons électroniques qui zèbrent les pièces sous alarme, sa colère a fait apparaître les liens qui l'entravent. Elle qui s'applique tant à donner l'image d'une personne indépendante, maîtresse de son destin, s'est soudain révélée être aux prises avec le chantage et les menaces d'un milieu dont, à l'entendre, on ne réchappe pas. Il la savait seule et il mettait son isolement sur le compte d'un souci forcené de liberté. Elle est seule en effet, mais comme le sont les otages.

En s'énervant, elle l'a un peu éclairé sur la combine de Cão de Guarda, mais ce micmac semble s'en tenir à un trafic de chiens volés. Pas de quoi craindre pour sa vie quand même. Il a beau avoir retourné dans tous les sens les récriminations de la directrice, il n'est pas parvenu à arrêter son opinion à leur sujet. En revanche, ce dont il ne doute plus, c'est qu'il ne doit en aucun cas détromper les soupçons de Mme Moraíme. Dans un premier temps, il a eu envie de la rassurer, de lui avouer son imposture pour se laver des accusations qu'elle portait. Aussi ému soit-il par le désarroi que cache sa hargne, et après s'être interrogé jusqu'à l'aube, il est sûr à présent d'avoir eu raison de garder – une fois de plus – le silence sur l'erreur dont il est l'objet. Car enfin, il ne sait pas ce qu'il risque à sortir du bois. Il est peut-être préférable de passer pour un second couteau plutôt que pour l'homme qui en sait trop. Rien ne l'assure de n'être pas considéré, à la seconde où il aura fait amende honorable, comme un témoin gênant par celle-là même qu'il voudrait, à cet instant, aider plus que quiconque.

La douche qu'il a prise ne lui a guère éclairci les idées mais la goutte d'eau qui trace un trait de fraîcheur sur son échine alors qu'il descend dans le jardin le réveille délicieusement. Il serait presque ragaillardi de trouver aujourd'hui un nouvel *emploi* comme on dit dans le monde des acteurs. Bien qu'il ne se fasse pas d'illusions sur le chemin de plus en plus escarpé qu'il est en train de suivre, la perspective d'être pris pour autre chose qu'un maître-chien, fût-ce pour un informateur de la firme, lui procure un semblant d'excitation. Une bifurcation s'ouvre à lui, qui ne le rapproche pas de sa vie véritable au contraire, mais dont la nouveauté suffit à la lui faire considérer sous le jour d'une possible chance à saisir.

Lygia lit *Salammbô* dans sa chaise longue. Il s'assoit près d'elle qui n'a pas daigné lever les yeux de l'ouvrage pour le saluer. Il avance son visage tout près du sien et scrute le profil velouté de ses cils. Elle finit par réagir. « Vous avez remarqué ? Le premier mot que Salammbô prononce est le mot *mort*. Son seul ami est un serpent. Elle a un côté petite fille et un côté sorcière, vous ne trouvez pas ? » Elle se reporte à la fin du livre. Les deux dernières pages sont couvertes de son écriture. « A un moment, avant de danser avec son énorme python, elle se frotte "les oreilles, les talons et le pouce de la main droite avec le sang d'un chien noir égorgé par des femmes stériles". Et puis il y a vraiment des phrases qui font rêver, écoutez : "C'était l'époque où les colombes de Carthage émigraient en Sicile, dans la montagne d'Eryx, autour du temple de Vénus." » Mme Moraíme les interrompt et, sur le même ton : « Et maintenant, c'est l'heure où Lygia doit émigrer vers Olho de Boi, sur le rivage nord, face aux vagues de la pointe. Bonjour, Johann, vous voulez bien m'aider à charger le pick-up ? Vous nous accompagnez bien sûr. » Elle lui sourit. Au chapitre de la dissimulation, il se dit qu'il est un enfant de chœur comparé à cette femme.

Pour accéder à Direita, la Droite – nom donné à la plage sur laquelle s'ouvrent côté droit justement les plus grosses vagues du littoral –, il faut marcher une vingtaine de minutes au fond d'un ravin. Bien avant de déboucher sur la plage, un choc sourd et régulier les frappe au ventre. Johann a l'impression d'approcher d'un bombardement. Tandis qu'ils progressent à la queue leu leu – Lygia a refusé qu'on la porte –, les séries de coups de tonnerre gagnent en puissance. Johann est si étonné qu'il ne veut pas croire que de pareils impacts soient dus aux déferlantes. Pourtant sur la route, Mme Moraíme leur a expliqué que la houle provoquée par la dépression passée au large de l'Équateur a commencé de toucher le rivage cette nuit.

La vague se cabre avec une majesté de cobra. Vue du bord, elle tend de noir la moitié du ciel. Sa crête tremble comme le lait qui bout, puis culbute, emportant l'océan dans sa chute. Une grande mâchoire claque soudain, qui mord le monde après des jours de mer. Un rouleau se dessine, aussi large que le tunnel São Conrado. Les tonnes d'eau comprimées *craquent* littéralement et projettent hors du tube le souffle de leur explosion. Un nuage d'écume s'élève loin au-dessus de la nuée blanche qui emplit la grève de sa rumeur d'incendie.

Nul ne s'est aventuré à l'eau aujourd'hui. Johann conseille à Mme Moraíme de remettre la baignade à demain. « Vous plaisantez. Demain nous rentrons. » Elle va se lancer sans combinaison, en maillot *deux-pièces* jaune vif. Elle patiente encore sur le sable pour analyser les courants, situer la zone où elle prendra son départ et mémoriser l'itinéraire qui va l'y conduire. Elle attend que la cinquième et dernière vague de la série ait nappé Direita et elle se jette dans les remous d'un puissant *retrait*. Elle doit se dépêcher si elle veut passer la ligne de front – celle où les lames s'abattent – avant d'être submergée. Elle rame bien cambrée, le buste relevé, les épaules droites et les mains en spatule.

La zone d'appel est éloignée. Mme Moraíme n'apparaît plus que comme une flammèche dans l'océan cabossé. Une nouvelle vague se dresse sur laquelle elle s'élève et qu'elle passe sans difficulté. Johann est un peu effrayé de mesurer, à l'échelle de la surfeuse, le calibre des monstres qui s'annoncent. Elles paraissent plus épaisses que la muraille de Chine. Il se retourne vers Lygia qui, les bras croisés sur son livre – il le lui a officiellement offert –, ne quitte pas sa mère des yeux. « La longue planche qu'elle a choisie s'appelle un *gun*.

On ne l'utilise que pour des morceaux de cette taille. Vous savez, elle a surfé à Waïmea, à Teahupoo. Des vagues comme des immeubles. Plus grosses qu'ici. Là-bas, si vous vous trompez d'un centimètre dans votre trajectoire, vous êtes broyé. Il y a des morts. Mais aujourd'hui les vagues ont l'air mauvaises. On dirait des guillotines. »

Mme Moraíme se positionne. « Elle va prendre la troisième, murmure Lygia. La plus forte. » Le ciel s'est assombri et les flots ont la couleur des naufrages. Elle se lève tout de suite car la vague s'est cambrée d'un coup en ouvrant un abîme sous la planche. Le genou droit plié, la jambe gauche tendue, elle dévale cette montagne, le dos presque collé à sa paroi abrupte ; un plongeon de plusieurs mètres. Elle entaille le raidillon du tranchant de son surf pour éviter le tout droit. Elle file comme une fusée. La façade se courbe, brille d'un éclat métallique. Les eaux tournent en spirale dans un fracas de séisme et la surfeuse disparaît sous de mouvantes ogives. Elle cherche à reprendre de la vitesse mais la dragonne vomit soudain sa rage. Mme Moraíme est jetée vers l'avant, aussitôt engloutie par la gorge liquide.

Elle a sursauté légèrement. Johann vient d'entrer dans sa chambre et tire sur le drap qui couvre son corps tiédi de sommeil. Il s'assoit au bout du lit, dans la pénombre bleue qui satine la blessée. Sa plastique est si sculpturale qu'elle manque presque de crudité à ses yeux. Elle le laisse s'emparer de sa cheville foulée qu'il dépose sur ses cuisses et ôter, comme on déshabille un bébé, le bandage qui l'emmaillote. Son attache a cédé sous le choc et elle a dû rentrer à la nage, refoulée – ramenée – par l'océan. Il enduit ses mains de pommade et masse avec soin l'articulation. La vertu camphrée du produit pénètre la peau et chauffe les tissus.

La lumière lunaire inonde la chambre, aussi aveuglante que la torche du chasseur qui traquerait le monde au fond de son terrier. Les étoiles sont figées comme les spectateurs d'un drame dont la victime n'a pas conscience. De l'océan à présent calme s'élève une respiration pareille à celle, endormie, de l'amant qui aurait perdu ses forces au contact de la seule dame à savoir le mettre au défi.

Mme Moraíme soupire d'aise. Il juge le moment opportun. « Je voulais vous dire un mot à propos de Cão de Guarda. J'avais pensé que si vous possédiez un élevage vous pourriez vous fournir en rottweilers à moindres frais. Mais à vous écouter l'autre soir, il m'a semblé qu'en élevant d'autres chiens il vous serait aussi possible d'approvisionner le camp de la Restinga en toute indépendance. Vous n'auriez plus à négocier avec la favela et vous limiteriez les risques de fuite. » Ses yeux gris noircissent. Elle a deviné qu'il n'en a pas fini. « Je veux ajouter ceci : je suis convaincu qu'il y a une solution à trouver pour vous sortir de l'impasse. Si vous estimez que je peux vous être utile, rien ne m'arrêtera. »

En sortant de la chambre, il éprouve un frisson de contentement. Lui qui tient à aider Mme Moraíme et qui se refuse à lui apprendre son identité, a trouvé le moyen de sous-entendre qu'il est prêt à passer de son côté. A elle de décider si elle accepte sa proposition. Pour lors il prépare son bagage. Il aurait voulu embrasser Lygia demain matin mais il prend le bus avant l'aube. Il ne la reverra pas. Elle n'était pas non plus au mieux ce soir. Malgré la goutte de cachaça qu'on lui a donnée sur un sucre, les douleurs qui accompagnent sa mensualité de sang – la première de sa vie à ce qu'il a déduit de certains chuchotements – l'ont clouée au lit dès le retour de la plage.

IV

« La base des nouvelles constructions s'établira dans le corps de la quarantaine. Vous allez commencer dès aujourd'hui à y lever des cloisons. La maternité doit être spacieuse. Les box des trois femelles dont l'acquisition est d'ores et déjà programmée doivent disposer d'une capacité suffisante pour accueillir leurs portées. Un système de climatisation spécifique sera prévu pour maintenir les nids à environ trente degrés tout en offrant la possibilité à la génitrice de s'aérer dans le reste du box ; il conditionnera cinq changements d'air par heure l'hiver, trente l'été. Les deux caisses de mise à bas devront être munies de baguettes à dix ou quinze centimètres du sol et des parois afin que les chiots roulent sur le côté sans mourir étouffés si la mère les écrase. »

Johann arrache du *paper board* la feuille sur laquelle il vient de noter les principaux axes de son exposé et invite le personnel de maintenance à quitter la salle de réunion pour se mettre au travail. Il fait signe à Cicero et au vétérinaire de se rapprocher et s'enquiert, sur le ton de la confidentialité, du nombre de chiens passant par la fourrière du domaine chaque mois. Les deux hommes se mettent d'accord sur une dizaine d'animaux. Ont-ils compris que leur supérieur revient de Búzios avec une autorité renouvelée ? En tous les cas ils lui répondent sans tiquer, soulagés dirait-on de pouvoir enfin converser à cœur ouvert à propos de ce dossier.

Il est hors de question avec seulement trois génitrices d'approvisionner la Restinga. Dans un an, le domaine pourra répondre à la demande lorsque d'autres femelles auront été intégrées et que les premiers chiots du cru seront en âge de procréer à leur tour. Il sous-entend ainsi que le système de la fourrière va perdurer jusque-là. « Cela nous laisse le temps de trouver une autre utilité aux gosses de Quinta do Céo. » Il ne s'agit pas de se les mettre à dos. Au camp militaire, on n'a pas d'exigences particulières en ce qui concerne les chiens. Le vétérinaire précise pourtant qu'on y préfère les beagles de gabarit moyen, « pour leur résistance et pour leur peu de mordant ». Ils pourront apprendre demain auprès de l'éleveur de Nilópolis s'il leur sera simple de se procurer des spécimens de cette race.

Ce n'est pas sans une certaine fierté que Johann a fait étalage de son esprit d'initiative. Il s'est renseigné dès son retour sur les dispositions à prendre pour les aménagements de l'élevage. Il a écouté les conseils des uns et des autres avant de mettre au point un programme qui devrait bientôt assurer l'autonomie de la société en matière de chiens, quelle que soit leur finalité. Bien sûr, Cão de Guarda ne l'importe que dans la mesure où la destinée de sa directrice lui est attachée. Sa détermination est galvanisée par le mandat que sa conscience lui a transmis. Sans en appréhender les contours, il mesure la puissance de ce avec quoi la directrice est aux prises. Il ne résiste pas à l'envie de lui apprendre la bonne marche de ses premières décisions, mais quand il s'informe auprès de Cicero de la manière qu'il aurait de la joindre, celui-ci lui répond qu'après avoir ramené sa fille à Miami elle est partie pour l'un des raids de deux ou trois jours dont elle a l'habitude, à New York ou à Genève.

L'animal s'est avancé et aboie à la grille du promenoir. Sa robe jais harnachée de flammes a des éclats d'armure. Il se couche et semble attendre qu'on recoure à lui. Johann se tourne vers l'éleveur. Il va avoir dix-huit mois et mesure soixante-huit centimètres au garrot. Il est de caractère très dominant ; il faudra le tenir. Il a toutes les caractéristiques du rottweiler de race : un front modérément bombé, un chanfrein rectiligne, une truffe toujours sombre, une mâchoire à déraciner un arbre, un cou sec, un poitrail sportif, des pieds plus longs derrière que devant mais armés de serres de condor, une allure de trotteur increvable et un profil de tank à canon court. « Ça vous fera les dégâts que vous voudrez. » Johann se retourne vers Cicero. « On donnera Stan à Maurizio pour qu'il reparte en service. Je m'occuperai de celui-là. »

Pour avoir une idée plus détaillée du chien, Johann propose qu'il soit conduit sur le ring de l'élevage. Un dresseur lui glisse la gueule dans une longe et le guide à son pas en l'appelant Roy. Une fois mené sur la pelouse, le jeune rottweiler est livré à Johann. Il commence par laisser le chien dans un coin de l'aire d'exercices et, en tapant dans les mains, l'incite à venir. Ensuite, sans l'appeler, il s'approche puis s'éloigne : le rottweiler le suit. Enfin, il le renverse sur le dos et n'a pas à le maintenir longtemps dans cette position pour que le molosse gronde et se débatte. De cette créature se dégage une violence presque humaine, celle des battues de sinistre mémoire et des hallalis de l'Histoire. Un frisson de mort passe entre lui et la bête. Il se relève brusquement, hérissé par ce contact trop appuyé. Il crochète le mousqueton de sa laisse au collier du chien et prononce son prénom, « Roy », pour qu'il résonne dans sa voix en manière de baptême.

Dans le bureau de l'éleveur, Cicero et lui mettent cartes sur table. Leur entreprise ne vise pas à faire commerce des rotts mais uniquement à répondre aux besoins de Cão de Guarda. Il n'est pas question d'apporter la moindre concurrence au professionnel. Au contraire, ils ont besoin de lui pour constituer dans les jours à venir un gynécée reproducteur. Ils voudraient lui acheter trois femelles gestantes. Ils comprennent bien que leur attente n'est pas simple à satisfaire mais l'argent n'est pas un problème. L'éleveur sort d'une glacière une bouteille de cachaça *purinha*. Elle est distillée dans un alambic en terre cuite, paraît-il. Les trois hommes jettent le contenu de leurs verres au sol, devant la porte, comme le veut la tradition qui exige d'offrir la première gorgée d'alcool au dieu Exu.

Malgré l'heure tardive, les hommes de l'équipe technique continuent de s'activer dans la quarantaine. Avant de postuler à Cão de Guarda ils ont travaillé comme artisans dans le bâtiment et retrouvent sans déplaisir les gestes de leurs anciens métiers. L'un badigeonne une couche de support sur les cloisons dressées aujourd'hui, l'autre dispose l'enduit de la chape sur le radier, le troisième forme des liaisons, bouche des joints à ruban et bute des robinets en émiettant une poignée de mastic. La maternité et trois box supplémentaires occupent déjà les deux tiers de la surface à construire. A ce rythme, les femelles pourront être logées après-demain.

Johann remercie les hommes pour leur endurance. Dans moins d'une heure ils seront couchés. Le domaine se tasse sous la surveillance blafarde de ses projecteurs. On ne voit rien à un mètre le long du ring. Un bruit d'eau froissée court depuis les plages et vient s'affaler au pied des clôtures. Une odeur de sang refroidi boucane les larges brassées du vent. A moins que la chimie des lisiers ne se soit déclenchée comme cela arrive parfois à température ambiante et ne commence d'exhaler ses effluves de charogne.

Avec son nouvel essor, Cão de Guarda devra envisager de se munir d'un système de traitement des eaux usées. Personne n'imagine la quantité de matières polluantes que va occasionner l'adjonction d'un élevage. Pour le moment, la société utilise des bacs à compost rudimentaires où l'on mêle les déjections à des ballots de gazon tondu et à des activateurs. Un branchement avec le tout-à-l'égout municipal avait été accordé par les services de l'hygiène lorsque l'entreprise a été fondée, mais le développement du cheptel va rendre certains aménagements nécessaires. En particulier la mise en place d'un système de lagunage.

Incapable de se résoudre à dormir, Johann continue de songer à l'amélioration du fonctionnement du domaine. La mise en train des travaux, le crochet par Nilópolis pour choisir Roy, l'ont fatigué. Pas assez cependant pour calmer sa fièvre d'occupations. Il s'en rend compte : sa débauche d'énergie lui permet de se dépenser, de convertir dans une activité concrète cette excitation dont Mme Moraíme est la cause et qui, sinon, le retiendrait à son lit, secoué par les rudes fantasmagories que cette femme lui inspire, nuit et jour, depuis son retour de Búzios. Il boucle un dernier tour d'inspection et se fait violence pour prendre le chemin de sa chambre. Les hoquets de la fosse septique ont fini d'empuantir les locaux. Pour ne pas être trop incommodé, il se dit qu'il n'aura qu'à glisser son visage dans la serviette-éponge de Lygia ramenée par erreur.

Johann ne laisse à personne le soin de dégrossir Roy. Bien qu'il ignore combien de temps il jouira de son autorité sur l'animal, il a décidé de l'accoutumer à sa présence comme s'il était désormais son maître attitré. Le chien a déjà été habitué à obéir aux ordres primordiaux. Il répond aux classiques « couché, assis, au pied, marche ». Il semble être en terrain de connaissance sur la pelouse du ring et, même après deux bonnes heures d'exercices, il suit avec une vivacité intacte les directives de son nouveau maître. Il manifeste une sorte d'enthousiasme au travail, à tel point que les dresseurs le considèrent comme l'un des éléments les plus prometteurs de la meute.

La première confrontation avec le figurant révèle son étonnante brutalité. Alors que le complice s'approche armé d'une batte de base-ball, Roy démarre d'un bond pour se jeter sur lui. Johann le stoppe net en retenant sa laisse. Il faut inculquer à son esprit guerrier la phase de menace qui précède l'assaut et souvent en dispense. Johann assoit son chien à un mètre de l'homme d'attaque et invective ce dernier. Après un essai et une modification du volume et des termes employés – quelques insultes étoffent le propos –, Roy, tout à l'envie de seconder son maître, donne à son tour de la voix. Ses abois sont graves, bien détachés les uns des autres. Le chien a enregistré quel est le comportement que l'on attend de lui, et lorsque le prétendu agresseur apparaît au comble de l'agitation, il s'assoit en face et lui jette ses lourdes intimidations à la figure.

Le plus impressionnant demeure le grondement de l'animal. Babines retroussées sur la herse luisante des crocs, il fronce le museau et tremble de tous ses membres tant il est pris par le désir d'en découdre. Il semble presque imiter le ton de basse en colère qu'a pris Johann pour avertir son assistant de son intention de se défendre. Le chien et l'homme mêlent leurs timbres rauques et heurtés avec la scansion sommaire d'une *brute épaisse* en passe de se fâcher pour de bon.

La chaleur absorbe les bruits, impose au domaine son silence gourd et ennuyé. Les autres belluaires ont déserté le terrain d'exercices. Johann ne s'en aperçoit que tard après midi, quand son partenaire accuse des signes de fatigue en réceptionnant avec de dangereux ratés les charges de Roy. Il est à ce point requis par le dressage qu'il en oublie de nourrir et surtout de faire boire son chien. Il congédie l'homme d'attaque et conduit le rottweiler vers son box. On n'a pas encore remplacé le nom de son prédécesseur sur la porte à volets. Johann passe un coup d'éponge et inscrit les trois lettres à la craie.

Il remplit une gamelle d'eau et sert la ration, non sans avoir retenu l'animal de se jeter dessus. D'ordinaire un technicien de la maintenance est désigné pour cette tâche, à heures fixes afin de faciliter l'assimilation des nutriments. Johann doit cependant affirmer sa complète autorité sur le chien qui relève dorénavant de sa responsabilité. Rien de plus édifiant pour ce dernier que de recevoir sa nourriture comme si elle lui était concédée par celui qui, dès lors, se présente en effet en maître.

Johann a choisi dans la réserve parmi les trois types de repas à disposition celui dont l'emballage vante les qualités énergétiques. Il a préféré laisser de côté les pâtées en conserve, les biscuits à la viande séchée, et opter pour des croquettes. Leur formule est drôlement placée sous le sceau d'une scientificité rigoureuse : des « acides gras omega-3 » pour maintenir le cartilage des articulations en bon état, des « antioxydants » pour renforcer les défenses naturelles, des « vitamines H » pour le pelage brillant et une teneur en protéines des plus élevées.

Certains agents cynophiles entretiennent une relation

d'une telle intimité avec leur chien – comme si ce dernier incarnait l'image la plus flatteuse qu'ils veulent offrir d'eux-mêmes – qu'ils mélangent aux gamelles les boissons sucrées et les suppléments vitaminés des sportifs de haut niveau. Johann n'en est pas là. Il est toutefois attentif à ce que Roy termine ses croquettes et lui lance, en guise de dessert, un genou de bœuf qui devrait garantir l'état de sa denture.

La nuit n'a pas effacé les acquis de la veille. Roy réagit bien aux différentes situations dans lesquelles Johann le replace aujourd'hui. Il reste placide au milieu des gens, débusque l'inconnu qui se cache, aboie face à l'agresseur et affronte celui qu'il ne domine pas de la voix. Il a compris que son aboiement est une arme dont il peut se servir pour immobiliser un individu, comme il peut le percuter de toute sa masse ou le blesser d'un coup de croc. Son instinct de combat était développé avant que Johann le prenne en main. Le dressage ne fait qu'accentuer les réflexes qui relèvent de son penchant à la prédation et cultive, en les assurant, ses qualités de gardien.

Johann sent cependant qu'il doit veiller à ne pas élever son rottweiler dans un climat de violence. Il risque de le déséquilibrer et de le rendre dangereux. Il risque aussi de le rendre malade : des chiens sont morts fous d'être restés sous la houlette de maîtres surexcités. Des jeux de balle, des rapports d'objet, doivent agrémenter sa relation avec lui afin qu'il devienne la parfaite machine de défense dont on est en droit d'exiger le rendement le meilleur. Maître et chien s'adonnent à ce divertissement une partie de l'après-midi, parce qu'ils délaissent alors les exercices les plus prenants, la vision de Mme Moraíme à Búzios, moulée dans sa chemise de coton lui revient en mémoire et ne le quitte plus – au point qu'il l'imagine ôter pour lui ce vêtement trop ajusté. Que fabrique-t-elle donc à l'étranger ? Que n'est-elle déjà revenue ? Il fait courir sa bête mais si c'est à Roy qu'il s'adresse lorsqu'il commande de revenir au pied, il voudrait que sa voix porte jusqu'à elle.

Johann a marché du chenil vers l'autoroute. Le ciel rougeoie au-dessus de La Barra. Au loin, des verticales de flashes précisent les dimensions des buildings pour prévenir les hélicoptères de la police. Ces bouquets de tours crépitantes donnent au quartier l'aspect d'un laboratoire de cataclysmes.

De longues flaques pâles dorment en bas du tertre crayeux. Parfois l'une d'elles se ride au passage d'un crapaud ou sous les triples boucles piquées d'un collège d'araignées d'eau. Une odeur d'océan moissonné s'élève des champs alentour. Malgré le remue-ménage cotonneux des vagues, la chaleur empêche que l'on savoure l'impression de *grands espaces* que dispense toute ouverture sur la mer.

Les pinceaux fuyants des voitures l'aveuglent. Il se retourne vers le domaine. L'angoisse qui l'a sorti du lit ne s'est pas dissipée mais elle s'allège. Les quelques verres qu'il vient de boire finissent de produire leur effet. Il prête l'oreille ; les chiens dorment. Il y en a bien un qui braille mais il doit se trouver dans une villa du club de golf d'Itanhangá : il n'a pas le timbre des rottweilers qui donnent l'alerte.

Bientôt, dans une dizaine de jours, il va quitter ce lieu. Les heures s'accélèrent qui le séparent de l'arrivée du vrai maître-chien. A ce propos, il a intérêt à ne pas relâcher sa vigilance. L'« autre », histoire de mettre une formalité au point ou de se présenter, pourrait vouloir entrer en contact avec les responsables de sa prochaine affectation – et il serait pris de court. Ces derniers temps cependant, en particulier depuis l'escapade à Búzios, Johann a songé à tout révéler à Magalheís Moraíme. Il s'est vu de moins en moins disparaître sans un mot. Bien que le danger d'un tel aveu le fasse encore balancer, il attache à ce devoir de vérité une importance grandissante.

Premièrement, l'honnêteté exige de s'expliquer. Deuxièmement, maintenant qu'il se sent dépositaire du sort de cette femme et de sa fille, il lui paraît inévitable d'avoir à tomber le masque. Comment sinon continuer de veiller sur elles ? Enfin, et c'est à peine s'il ose envisager cette éventualité, il rêve que la directrice fasse preuve de mansuétude et, surtout, d'opportunisme. Qui l'empêcherait, elle, de récuser le nouveau maître-chien dès lors qu'elle en a dégoté un qui lui convient et qui représente – mais cela resterait un secret – son unique allié au milieu de ceux qui la *tiennent* ?

Le Christ a disparu. Mais le brouillard ne coiffe pas que le Corcovado ; il escamote tous les mornes. A Indian Wells, les visages sont moites de bruine sous les casquettes CAO DE GUARDA. Les caoutchoucs des rangers crissent sur le vernis du bitume. Les hommes ont enfilé leurs gants pour que les laisses – et les matraques le cas échéant – ne leur échappent pas. Certains ont revêtu des panchos cirés noirs, les autres ont juste remonté la fermeture Éclair de leur blouson jusqu'au cou. De profil, au garde-à-vous, on dirait des maracas géantes.

Ceux de la permanence de nuit ont hâte de rentrer se sécher. Johann découvre La Barra sous un jour nouveau. Tout son clinquant mis en valeur par le soleil tropical est comme passé au papier de verre. Subsistent de monumentaux bunkers *tout confort* figés dans une attente vaine, un « Désert des Tartares » du troisième type où les solitudes infinies ont fait place à un réseau saturé de voies de communication. Assaini, quadrillé, codé, l'ancien espace des fantomachies. Indian Wells lui paraît soudain aussi coupée de la terre et aussi connectée à elle qu'une station spatiale l'est par l'intermédiaire du permanent *direct* des liaisons satellites.

En regardant ses collègues partir pour leur première ronde de la journée, il se souvient de la réflexion que lui avait écrite Laurane à propos d'une *gated communitie*, lors d'un voyage entrepris en Californie à l'invite de l'université de Stanford. « Dans un monde en guerre civile, il n'est plus de paix que militaire. » Et en effet, désormais, il appartient lui aussi à l'une de ces milices qui font florès dans le but déclaré de maintenir l'ordre.

Roy le sort de sa méditation en marquant un arrêt. Deux techniciens d'une centrale d'électricité garent leur camionnette devant la villa d'Hermann. Johann s'informe par radio auprès du poste d'entrée : cette intervention était-elle inscrite au programme ? Il indique le nom de la compagnie dépêchée sur les lieux. « *Afirmativo*, ils sont à l'heure. » La voix de Cicero explose alors sur la transmission pour reprocher au gardien de la barrière de ne pas les avoir avertis de cette arrivée. « Vous voulez que je les surveille, ou vous vous en chargez ? » Ça ira, il va s'en occuper.

Une femme de ménage leur ouvre la porte. Il est stipulé sur la fiche de dépannage que les techniciens doivent vérifier le système de vidéosurveillance et le réparer si besoin est : le personnel a noté un certain nombre de dysfonctionnements dans la mise en marche des caméras et des kits enregistreurs. Les deux électroniciens contrôlent d'abord la console dans la cuisine : elle ne semble pas être à l'origine du dérèglement. Ils se penchent ensuite sur les capteurs optiques disséminés dans le vaste séjour circulaire. Au plafond – Johann ne s'en aperçoit qu'aujourd'hui – s'ouvre un lanterneau octogonal qui donne à l'ensemble l'allure d'un observatoire astronomique. Une lunette pointée vers le haut parfait l'illusion.

Les spécialistes commencent de se montrer perplexes. Le déclenchement intempestif des appareils de prise de vue, qui n'est signalé que sur le tableau de la régie, n'a pas de raison d'être. L'un des deux réparateurs diagnostique la possible intrusion d'ondes étrangères sur le réseau vidéo. Après un court instant, ils détectent en effet une confusion dans les codes ayant pour conséquence le brouillage des informations provenant des caméras.

« Tout se passe bien ? » s'enquiert Cicero dans l'oreillette de Johann. « Ils ont localisé la panne. Il y en a pour une minute. » Après un temps : « Il vaut mieux ne pas les quitter tout de suite. Il y a sept ou huit ans, des types de la police s'étaient fait passer pour une équipe comme celle-ci et avaient truffé la villa de micros. On ne nous aura plus, vous pouvez me croire. » Johann n'est pas sûr d'avoir porté suffisamment d'attention aux deux hommes. Il repasse dans sa tête, en accéléré, le film de la dernière demi-heure. Tout lui semble avoir été accompli dans les règles. Il comprend surtout le service que l'on attend d'un vigile dans cette villa où rien ne risque d'être volé : s'assurer que les lieux ne soient pas placés sur écoute.

Roy se tient assis depuis que Johann lui en a donné l'ordre en entrant dans le séjour. Il fixe les deux techniciens et tourne la tête brusquement vers l'extérieur au passage d'un jardinier ou d'une femme de ménage sur la terrasse. Quand on connaît de quelle violence il peut se montrer capable, on se dit que son calme a quelque chose de professionnel, comparable à celui du garde du corps qui ne fait valoir ses arguments musclés qu'en dernière instance.

A ce propos Cicero apprend à Johann que M. Hermann se déplace toujours protégé par deux malabars – sans compter son chauffeur lui aussi formé aux techniques de défense. Il ne lui déplairait pas de la croiser là, maintenant, cette Arlésienne – fût-elle bardée de son cordon de sécurité. « Hélas, monsieur le Président ne se trouve pas au Brésil en ce moment. Ses voyages d'affaires ne lui laissent que rarement le loisir de s'attarder à Rio. Il y rencontre madame la Directrice et reprend l'avion dans la foulée. Pas toujours avec elle. » Cicero ne devine pas l'effet de ses paroles sur son interlocuteur. Johann se ressaisit vite : si la directrice est avec Hermann en ce moment, et qu'elle a évoqué devant lui le nouveau maître-chien, arrivé avec un mois d'avance, il serait découvert à l'heure qu'il est. Il ne peut toutefois réprimer son irritation à l'idée de la complicité qui a pu les unir, elle et Hermann, et de ce qui subsiste entre eux, ne serait-ce que sous la contrainte.

Dans un accès de jalousie fulgurant, Johann se les représente qui déclinent ensemble les formes d'un plaisir d'autant plus vif pour la trouble Mme Moraíme qu'elle l'éprouve absolument asservie à un homme qui, à l'entendre, lui fait horreur.

Il préfère changer de sujet pour oublier ces divagations. Qu'est-ce qu'un vigile doit craindre à La Barra ? Pour l'instant, ce ne sont que rondes à n'en plus finir et vérifications pavloviennes. Un malfaiteur disposant de toute sa raison ne peut envisager de s'attaquer à quoi que ce soit à Indian Wells. Est-il déjà arrivé que des échauffourées ou des cambriolages se déroulent ici ? « *Hola !* Don Johann, vous seriez en mal d'action que cela ne m'étonnerait pas. Auriez-vous oublié que la plupart des vigiles passent leur vie à attendre ? Ils s'ennuient, stimulent leur chien pour le fanatiser, s'ennuient, stimulent leur chien, et ainsi de suite jusqu'au jour où ils s'ennuient en stimulant leur chien. C'est pourquoi il y en a tant qui s'inventent une mission et se prennent pour de petits *shérifs*, ou des commandos Ninja, ou des matons de QHS. Non il n'est jamais rien arrivé dans le quartier. Mais dites-vous que c'est grâce à notre présence. Sans nous, les villas auraient brûlé depuis longtemps et une autre favela aurait poussé à la place – avant de disparaître puisqu'elles vivent aux crochets de la richesse. Il y a dix ans, on ne kidnappait que les gens fortunés. Aujourd'hui on va enlever votre voisin pour soutirer un paquet de cigarettes à sa famille. Vous ne voudriez tout de même pas travailler au Barrashopping, ou à l'entrée d'une banque, ou dans les transports en commun ? Pour être à la merci du fusil d'un gamin de quinze ans ? Croyez-moi, les condomínos sont des forteresses et vous êtes mieux ici. C'est vrai qu'au final les règles de sécurité sont si drastiques – c'est bien cela qu'on dit non, drastique ? – qu'elles décuplent, centuplent, la terreur des habitants. Comme je vous le jure don Johann, il n'y a pas un geste, pas une pensée des habitants d'ici qui ne soient fils et fille de la peur. *O círculo vicioso*, un cercle vicieux. Dites-moi, qui ne finirait pas par trouver l'air qu'on respire dangereux après avoir passé un mois dans une bulle d'oxygène ? Alors imaginez après dix ans. »

Les travaux d'aménagement à Cão de Guarda sont sur le point d'être achevés. Les hommes en sont aux finitions. De nouvelles niches ont été édifiées, adossées au mur de l'ancienne grange. Elles sont surélevées pour éviter les infiltrations, tapissées de laine isolante et leurs entrées sont couvertes de caillebotis – l'aire extérieure est délimitée par de hautes grilles derrière lesquelles les mères et les chiots pourront se dépenser.

Pour l'heure, Tango et le vétérinaire reviennent de Rocina avec un nouveau chargement. Johann les regarde opérer avec une dextérité qu'il est loin d'égaler. Ils se pressent, tous feux éteints, et casent les cinq bêtes volées dans la pièce de la grange qui leur est maintenant dévolue. Elles sont enfermées dans une même cage le temps d'effacer leurs tatouages. « Ils ont encore augmenté les prix. Vous pensez qu'on doit accepter ? » Johann réfléchit, puisqu'il est en charge de la caisse noire de la société. « Il ne faut pas contrarier la bande avant de lui annoncer que nous n'avons plus besoin de ses services. » Et puis, en ayant l'impression de prononcer tout haut la devise qu'il a faite sienne à son arrivée au domaine, il ajoute : « Un problème après l'autre. »

Tango nettoie la pisse dont les chiens brûlés à l'acide ont aspergé le sol. Il leur donne à boire. En général, ils arrivent ici déshydratés. Ils sont restés des jours à attendre dans un coffre de voiture surchauffé. Ils ne pourront être revendus s'ils sont en mauvaise santé. Mais au fait, pourquoi pense-t-il que ces animaux sont conduits au camp de la Restinga pour y être ensuite refourgués à bas prix ? C'est vrai, il a voulu croire, sans chercher à voir plus loin, que Cão de Guarda sert d'intermédiaire dans une filière de bêtes destinées à la revente. Pour quel gain de misère une base militaire écoulerait-elle des chiens volés ? A moins que quelques militaires dévoyés – il y en a partout – n'utilisent ces animaux à leurs propres fins. Ils leur servent de cobayes, ça c'est plausible.

Après quelques minutes de trajet vers la Restinga, Johann formule une question qui a l'avantage de n'offrir que la possibilité d'une réponse claire : « Vous pensez qu'ils souffrent beaucoup ? » Le vétérinaire répond sans ciller – il n'est pas que le simple employé de Cão de Guarda, abonné aux mycoses, aux hernies, à la coprophagie des pensionnaires du chenil, mais un spécialiste dont le savoir dépasse de beaucoup ses pratiques routinières : « La question de la souffrance lors des expériences de recherche, vous devez en avoir bien conscience, ne peut être prise en compte dans la mesure où la morale y oblige. » Les résultats sont à ce prix. Les chiens souffrent, évidemment, même s'ils sont bourrés d'analgésiques. Il suffit de relever les manifestations de ce qu'il nomme dans son jargon le « stress comportemental » pour avoir une idée de la douleur qu'éprouvent les cobayes : abois suraigus, incontinence, automutilation, tachycardie, polypnée, ulcères, pelades, démarches stéréotypées. Cela dit, ces symptômes doivent être réduits au maximum pour que le protocole de recherche soit fiable et homogène. Outre l'emploi d'anesthésiques et le bon traitement – il parle du sommeil et de l'alimentation – des animaux de laboratoire, il est primordial de disposer d'un personnel très qualifié.

Monsieur Johann ne doit pas se faire d'illusions. A la Restinga toutes les expériences débouchent sur la mort. Aucun chien n'en réchappe. On leur inocule des virus foudroyants, puis les progrès de la maladie sont observés sur les sujets qui ne succombent pas à l'instant. Ils seront euthanasiés par injection en phase terminale. Dans d'autres branches de la vivisection, celles qui prévoient des prélèvements d'organes, la mise à mort est effectuée à l'aide de tiges percutantes, de décapitation, de refroidissement ou de micro-ondes. De ce point de vue, les chiens sont mieux lotis à la Restinga.

Johann descend du fourgon devant l'entrepôt de la base. Il échange un salut avec le militaire qui supervise la manutention. Au-dessus de la porte en acier, un projecteur est orienté de manière à aveugler les curieux. La dernière cage va être emportée mais le soldat qui la porte manque de s'étaler et Johann saute sur l'occasion de pénétrer dans l'édifice en lui prêtant main-forte. Il passe sans difficulté, avec les remerciements du jeune homme à qui il est venu en aide. Les chiens sont parqués avant d'être emportés vers leurs cases d'analyses. Une porte en enfilade s'ouvre sur un laboratoire. Johann veut en avoir le cœur net. Il demande s'il lui est permis de se désaltérer. « *No problem.* »

Il s'était préparé à tomber sur des rangées de cages en Plexiglas abritant des animaux criblés de capteurs. Rien de cela ici. Ni appareil de contention ni hypertendeur, mais une salle remplie d'ordinateurs semblable au poste de commande d'une tour de contrôle. Il jette sa canette de soda et se retire, emportant avec lui l'image qu'enfermait la baie à triple vitrage qui séparait la pièce d'une chambre d'expérimentation : à l'intérieur, un scientifique en scaphandre à surpression se déplaçait avec une lenteur de cosmonaute.

Sur le chemin du retour Johann se tait. Il résume ce qu'il a pu voir : toute une technique de pointe et du matériel de conditionnement. Pas de doute, on manipule des virus, des bactéries, des toxines, à la Restinga. Quelques mots lus dans l'Encyclopédie, au chapitre des agents contaminateurs – chapitre auquel il n'a pas apporté sa contribution –, lui reviennent en mémoire : anthrax, charbon, ricine, variole.

Au vétérinaire qui se plaint de la clandestinité de leur mission – « toujours à se coucher à pas d'heure » – Johann se sent tenu de répondre et développe à haute voix le raisonnement qu'il suivait pour lui. « Je ne sais pas si votre pays a signé le pacte sur la non-prolifération de certaines armes. Même si elles sont légales, ces recherches sont classées Secret défense. Et puis les laboratoires qui pratiquent la vivisection ont d'abord à prévenir les opérations de sabotage des associations de protection des animaux, en travaillant de nuit par exemple. En plus, les poisons en cause fonctionnent selon un mode de diffusion qui touche les populations civiles. Je ne suis pas sûr que ces expériences, si elles étaient menées au grand jour, soulèveraient l'enthousiasme des foules. Enfin, je suppose que les nations qui ont investi dans ces tests préfèrent conserver l'anonymat.» Le vétérinaire approuve. L'encadrement scientifique est composé d'équipes américaines ou européennes.

Il aura fallu le claquement des pistolets d'alarme pour le réveiller. Il s'est endormi au petit matin comme on s'évanouit. Hier soir, il avait ouvert le bar du réfectoire et au lieu de descendre son litre d'alcool ainsi qu'il en a coutume les nuits ennemies, il s'était préparé une quantité impressionnante de caïpirinhas. Il a regagné sa chambre avec difficulté et son sommeil fut hérissé d'abois à la mort.

Tango a pris l'initiative de seconder Cicero à Indian Wells aujourd'hui : Johann n'a pas à se presser. Sous la douche, l'eau ne suffit pas à le débarrasser de ses visions nocturnes où Mme Moraíme tient le premier rôle. Il se libère sur le carrelage de ce dont il pollue d'ordinaire ses draps.

Il se remet vite au travail lorsque les trois rottweilers femelles sont livrées. Il donne les directives nécessaires à leur installation, les répertorie, les inscrit au registre des maternités qu'elles inaugurent. Le vétérinaire les ausculte. Deux d'entre elles sont grosses, une est *oca*, creuse. Il téléphone aussitôt à l'éleveur qui reconnaît ne pas avoir pu respecter leur contrat, mais aussi ont-ils payé moins cher. Les délais ne lui ont pas permis de fournir les trois femelles dans l'état où elles étaient attendues mais avec la tripotée de mâles dont ils disposent, féconder la dernière ne devrait pas poser de problème, « elle n'attend que ça ». Johann n'a pas la force de se fâcher. Il se sent mal. Après avoir conduit en personne les chiennes jusqu'à leurs box, il s'éclipse. En s'agenouillant dans les toilettes, il sait qu'il mettra la journée à dessaouler.

Elle n'a pas le temps de reprendre son souffle. Il la sort du lit et l'entraîne hors de la chambre. Ils traversent le long vestibule, passent devant la baie vitrée ouverte sur l'océan, et descendent au salon qui dispose d'une grande glace sur le mur du fond. Leurs pas laissent des empreintes qui disparaissent aussitôt du sol en terrazzo. Il monte à quatre pattes sur l'immense table en verre qui brille comme un bassin d'eau lisse. Face à la glace, il se redresse au bord du plateau scellé à un socle de granit, et s'assoit sur ses talons. Il lui murmure de s'approcher. Elle vient derrière lui et il l'enlace en passant les bras sous les siens et en refermant les mains sur ses reins. Elle plaque ses seins aux durs tétins sur son dos, son ventre sur ses fesses. « Prends-moi dans ta main. » Elle s'exécute et stimule la verge pour lui redonner vie : la chair ardée se réveille. Elle s'active de plus belle. De sa main libre, elle lui meurtrit le torse ainsi qu'il vient de lui apprendre comment il aime être traité. Elle s'excite à mesure qu'elle constate la montée en puissance que son geste provoque.

Il attendait qu'elle commence à vagir pour lui ordonner de regarder le tableau qu'ils forment dans le miroir auquel ils sont venus faire face. « Regarde », répète-t-il, car elle détourne les yeux à la vue de leur couple. Elle relève le front et le découvre entièrement assujetti à sa caresse. Ils se tiennent de telle façon que l'on jurerait qu'il se satisfait seul. Puis elle s'observe le seconder pour qu'il accède à la jouissance. Elle se voit là telle qu'il l'a voulue, dans la posture qui était la sienne à Búzios lorsqu'elle a fait gicler le chien. Alors soudain, au moment où elle va le finir, elle surprend sa tête à elle qui prolonge point par point ce corps d'homme dont l'expression virile va être portée à son comble et d'où le visage masculin a disparu, rejeté en arrière. « C'est comme si c'était à moi », murmure-t-elle en fixant le membre turgescent. Et quand, ne se refrénant plus, il émet sa semence en cinq ou six ressauts, elle se frotte à ses chevilles enfourchées et part d'un ample plaisir synchrone.

Il sort du duplex sans bien se souvenir comment il est arrivé là. L'exaltation qu'il réprimait en venant a retenu toute son attention. A tel point qu'il lui semble découvrir les lieux au moment où il quitte Magalheís Moraíme sans un mot.

Elle l'avait joint par téléphone pour qu'il lui explique où en sont les modifications qu'il a entreprises au domaine. La même idée a-t-elle germé chez l'un et l'autre à cette seconde ? En tous les cas, ils sont vite convenus qu'ils discuteraient mieux face à face. Dix minutes plus tard, Johann déboulait sur l'avenue Sernambetiba, au pied de la tour Sunscoop. Le gratte-ciel était illuminé par un réseau de projecteurs croisés – *mise en lumière* de l'éclairagiste de la pyramide de Kheops – qui en accentue l'aspect futuriste. La façade dite climatique en verre inclinée et l'innombrable série de loggias qui s'étagent sur deux cents mètres environ rosissaient dans le crépuscule.

Johann s'est engouffré dans l'un des cinq ascenseurs à grande vitesse desservant chacun des quatre secteurs – Est, Ouest, Nord, Sud – de la tour qui s'ouvrent à tous les paliers sur le bureau d'un garde. Des caméras de surveillance balaient l'espace jusque dans les habitacles de ces élévateurs ultra silencieux. Il rend à la réception la carte de visiteur qui lui a permis d'accéder au grand hall. Il descend par un escalator au parking situé sur une plate-forme couverte et dont l'entrée unique est bordée de deux guérites surélevées aux faux airs de mirador. Il salue le collègue en haut de son perchoir qui actionne la levée automatique de la barrière.

S'il se dépêche il ne fera pas attendre Cicero. Il supportera la fatigue : une gorgée de cachaça, un beignet de *camarao* et Roy fera le reste. Il n'aura qu'à se laisser guider. Il y aura bien un moment où il accusera le coup : il s'accordera une pause et le chien le ramènera à sa ronde. Sentir sur lui qui ne s'est pas douché l'odeur d'une Magalheís Moraíme en nage, songer à leurs retrouvailles de ce soir, voilà qui l'aidera à ne pas défaillir. Déjà les désirs de cette nuit se raniment, qui creusent dans son corps et jusqu'au bout de ses gestes leurs longs chemins de sang.

Mme Moraíme n'a pas l'habitude de faire l'amour. Il a suffi à Johann de constater avec quelle surprise elle a accueilli ses initiatives pour en avoir la conviction. Elle a d'ailleurs reconnu ne pas s'être donnée à un homme depuis des années et n'avoir de toute façon jamais rencontré un amant tel que lui. Ces compliments – car Mme Moraíme parle dans l'intention de le flatter – ne signifient rien pour Johann. Ils soulignent surtout combien elle circonscrit son imaginaire sensuel, et ses pratiques, dans le cercle des stéréotypes du genre. Il a vite deviné qu'elle n'avait jamais enfreint sa pudeur. L'envie de l'amener à passer outre est pour beaucoup dans l'énergie qu'il déploie pour lui complaire.

Tant de choses les séparent, qui se conjuguent *comme par magie* au plus fort de leurs étreintes. Il n'est pas jusqu'à la permanence du danger qui les menace

– lui le soupçonnant, elle le connaissant – qui n'aggrave et exhausse à la fois leur abandon. Ne se trouvent-ils pas dans un appartement payé par la firme qui tient au-dessus de sa *protégée* – au-dessus d'eux à présent – l'épée de Damoclès dont elle lui a avoué sentir l'ombre s'étendre ? Qu'ils se soient jetés l'un dans l'autre sans même évoquer l'utilisation de préservatifs procède de ce donnant-donnant fatal qui les a unis dès leur rencontre.

Pour illustrer à quel point elle se tenait sur la réserve lorsque Johann l'empoignait au début, il faudrait décrire sa gêne à l'instant où, la maintenant à quatre pattes, il recula pour plonger son visage entre ses fesses et lécher les deux orifices qu'il venait de visiter de son membre. Elle voulut se soustraire à la caresse, lui reprochant sa « cochonnerie ». Johann la fit rire en citant Woody Allen : « Le sexe, c'est vraiment dégueulasse. Surtout quand c'est réussi », et ne lui laissa pas le choix. Il la coucha sur le côté après lui avoir lié les coudes et les genoux ensemble avec sa ceinture et se remit à appliquer de profonds coups de langue dans les plis de son corps. Mme Moraíme, c'est clair, ne déteste pas être prise de force. Si bien que, par la suite, dans ses accès d'indécence, elle si fière se laissera aller à manifester par des paroles graveleuses son goût particulier pour les figures de l'abaissement.

Johann ne dort plus. Il passe de l'appartement de l'avenue Sernambetiba à son travail et de son travail à l'appartement sans prendre de repos. La force de ce que lui inspire Mme Moraíme l'incite à n'en rien perdre. L'envie de l'épuiser par excès de volupté anime sa frénésie. Bien après le plaisir, il s'acharne encore sur elle qui, même à demi consciente, en appelle toujours à son foutre. La fatigue nerveuse prend le dessus. Cette fièvre qui monte efface l'épuisement et finit par les jeter dans un état second où leur ardeur, poussée à bout, ne faiblit plus.

Cinq jours et cinq nuits durant, ils vivent en vase clos. Lorsqu'il part, il lui rappelle qu'elle ne doit pas se laver, et elle obéit. Il la retrouve le soir ou à l'aube comme il l'a laissée, une bouteille de champagne rosé à portée de main. Lui aussi tient grâce à l'alcool. Il ne doit pas être des plus frais et file en coup de vent aussitôt qu'il le peut. Cicero a-t-il remarqué quelque chose ? Pour autant, il ne lui pose aucune question. Johann se demande si c'est pure déférence ou bien signe qu'il est au courant.

Il conduit Roy dans les allées d'Indian Wells, le perfectionne sur les palissades d'exercice et enregistre l'admission au chenil des premiers reproducteurs beagles destinés à pourvoir en cobayes la base militaire. Dès qu'il a quartier libre, il délaisse son rôle de maître-chien et fonce retrouver Mme Moraíme. Il la reprend tant qu'elle l'y exhorte, et plus encore. Pas un instant il n'envisage de l'interroger, elle qui dirige aussi – l'oublierait-il ? – la société de gardiennage, au sujet du trafic auquel elle est mêlée.

Quelque chose s'est passé. Il l'attend dans le salon comme elle le lui a demandé. Il regarde les trois planches de surf accrochées à un gros râtelier fluorescent. Quand ses affaires la monopolisent et qu'elle ne peut pas se rendre à Búzios, il lui arrive de se faire conduire la nuit à la plage du Diable, avenue Atlantíca, pour prendre quelques vagues.

Elle est prête. Elle a enfilé un jean et un sweat-shirt noir. Ils descendent sans un mot jusqu'au parking – elle tourne le dos à l'objectif de la caméra qui les scrute dans l'ascenseur. Elle va conduire. Pas de chauffeur aujourd'hui. Bien que l'inquiétude de Johann commence à monter, il ne peut s'empêcher d'être sensible au luxe de la Jaguar : galbe des sièges crème en cuir, largeur des accoudoirs, insonorisation de la cylindrée. Il est vite ramené sur terre cependant : elle parle sans lever le ton mais sa voix est blanche de colère. Elle sait tout. Elle lui dit qu'il n'a jamais travaillé pour la firme, qu'il rédige des articles pour l'Encyclopedia Universalis – il ne la corrige pas –, que son compte bancaire est toujours débiteur. Il est arrivé au Brésil il y a deux mois. Il a vécu dans plusieurs pensions de Rio. Il devait rentrer chez lui il y a trois semaines. A Paris on pense qu'il remonte l'Amazone. Une jeune femme écrivain lui a même dédié un roman – là, elle s'esclaffe carrément.

Johann a l'impression qu'on le vide de son sang. Vite pourtant, son malaise se dissipe et cède la place au soulagement. Il vaut mieux qu'elle ait découvert son secret. Sans doute l'espérait-il. Sa fureur est légitime, elle se sent trahie, mais il va pouvoir s'expliquer. Et puis il considère cette femme peu à même de lui donner des leçons de franchise. Il lui répond sans détour : le matin de son départ, son envie de prendre du champ – il sourit de ses mots convenus – par rapport à un amour envolé sans laisser d'adresse, par rapport à toute une société nombrilomane, le hasard qui guide ses pas jusqu'à Cão de Guarda, le quiproquo, il évoque tout l'enchaînement qui l'a amené à mentir. Il la prie simplement de le croire lorsqu'il lui assure ne pas s'être joué d'elle. Sa proposition de l'aider à sortir des pattes d'Hermann tient toujours.

Les traits de son visage blafard se sont détendus. Elle s'adoucit. « Tu ne peux pas savoir comme il est jaloux. Il a perdu le contrôle. Il hurlait devant ses collaborateurs. Je ne l'avais jamais vu comme ça. Il agitait en l'air les feuilles du dossier qu'on lui avait préparé sur toi. Il m'a jeté des photos de nous à la figure. Il m'a passé des enregistrements – il y a des micros partout chez moi. Il cherchait à m'humilier devant tout le monde. Il m'a dit que j'étais malade de m'être laissé avoir, qu'on ne sait pas encore si tu n'es pas de la police. Je suis restée de marbre. Je l'ai laissé s'exciter. Je voulais t'entendre. Je t'ai couvert. J'ai dit que je savais déjà tout ce qu'il pensait m'apprendre. J'ai ajouté que je t'ai embauché à cause de mon béguin pour toi et que ça tombait bien parce que tu fais du bon boulot. J'en ai rajouté. Je lui ai dit que puisqu'il m'a mise sur écoute, il devrait savoir que je ne suis pas mécontente de toi. Il était baba, tout le monde était baba, et moi je me sentais de plus en plus forte. » Ses yeux s'embuent. Elle coupe le moteur et se met à pleurer. Il la prend dans ses bras. Il lui promet qu'elle va s'en sortir, en y mettant le temps. Six mois, un an, ils la laisseront partir. Elle murmure qu'elle y a pensé, que d'autres ont pu décrocher. On appelle cela un *clean-up*, une période au vert pendant laquelle on récupère une existence légale, un passé fiscal par exemple.

Ils sont garés sur le parking du jardin botanique, devant les dynasties de palmiers impériaux. Ils ne parlent plus. Ils s'embrassent. Elle se penche sur son bas-ventre, ouvre son pantalon, et il voit ses ongles vernis blancs. Sa chevelure glisse sur la grille en forme de J du boîtier de vitesse.

V

Ce secteur d'Indian Wells est bâti d'imposantes villas dessinées à l'identique. Elles ont pour particularité – l'argument de vente insiste sur cette possibilité de touche personnelle – de disposer d'une véranda à portiques combinables. Ce soir, les galeries vitrées sont hermétiquement fermées : des myriades de larves ont éclos dans la chaleur marinée des lagunes et les insectes pullulent.

Johann marche avec Roy sans prêter attention aux familles qui dînent dans ces sortes de capsules. Elles non plus ne le remarquent pas. De savoir qu'un vigile tient la garde leur suffit. Il se hâte d'aller inspecter les parcs. La nuit est couleur de ballast mais là-bas, à l'écart des luminaires, le ciel apparaît. Il connaît un endroit, au bord d'une piscine, où l'on peut contempler les étoiles. Il s'offrira là une minute de pause.

Les souvenirs des jours et des nuits avec Mme Moraíme ne le laissent pas en paix. Elle n'aurait pas eu à quitter Rio pour trois jours – « ne pose pas de questions », le devança-t-elle sans lui laisser le temps de protester –, il aurait accouru chez elle en quittant le service. Leur séparation s'annonce pareille à un sevrage brutal. Assis sur les roches en stuc d'une fontaine artificielle, il se répète qu'il doit « prendre son mal en patience » et se concentrer sur son travail pour ne pas trop souffrir du pas si lent des heures loin d'elle.

Roy veut boire à la fontaine. Johann le retient. Il lui servira de l'eau minérale tout à l'heure, au poste d'entrée. Le parc baigne dans la lumière laiteuse. La pointe des arbres se dessine sur l'horizon électrique de La Barra. Le silence a pris une dimension obsédante, presque solennelle. Il n'est plus attente mais absence, philosophe Johann.

Pendant un instant, il oublie ses courbatures et la tension qui le pousse à bout à la moindre contrariété. Il respire profondément, à la manière du randonneur qui fait soudain face, après plusieurs heures d'ascension, au paysage de montagne qu'il cherchait et dont il a la pleine jouissance une minute encore, le temps que la cordée le rejoigne. Que Mme Moraíme sache désormais tout de lui a changé sa manière de vivre son rôle de maître-chien. L'impression de double jeu – encore aiguë à cause du personnel à qui il n'est pas question de se dévoiler – s'est en partie estompée. Il se sent plus en accord avec lui-même. Lui, vigile, plus en accord avec lui-même ? Il y a de quoi rire. Elle est loin Laurane qui attendait de lui qu'il se lance « à corps perdu » dans la fiction, qui s'est sans doute en partie effacée pour le laisser libre de s'aventurer dans cette contrée – l'écriture – sur laquelle elle sait qu'il l'estime régner en oiseau rare.

Un grésillement dans son oreillette le sort de ses considérations. Cicero chuchote qu'il a repéré des mouvements suspects du côté de chez Hermann. Il l'attend devant la villa bleue pour qu'ils ne soient pas repérés si un mauvais coup se prépare. Johann est déjà en chemin. Il ne s'est jamais trouvé si près d'intervenir. Il ignore s'il en est seulement capable. Il serre les doigts sur la laisse de Roy qui semble avoir compris qu'il se passe quelque chose. Ils tournent au début de l'allée 4, avancent dans la rue principale puis prennent à droite dans l'allée 5. Son second et Stan les attendent à l'abri d'un porche monumental. Cicero a un visage de pierre. « J'ai vu trois types courir sur la terrasse d'Hermann. »

Leur objectif est simple : surprendre, maîtriser et ramener les indésirables au poste d'entrée. La police viendra les chercher. Johann retire sa muselière à Roy et prononce un « chut ! » sec quand celui-ci se met à haleter. Le chien saisit un message d'importance dans le regard de son maître : on va passer à l'action.

Cicero compose le code d'ouverture d'une porte de service. Les deux hommes – torche éteinte à la main –

et leurs chiens se suivent en file indienne sur le dallage qui serpente entre des massifs de fleurs. Chacun tend l'oreille. Les chiens font corps avec ceux qui les guident; tout sentiment de crainte semble leur être étranger.

Des bruits étouffés proviennent du garage. Alors que les vigiles poursuivent leur manœuvre d'approche, trois jeunes gens – ils n'ont pas vingt ans – sortent par une fenêtre du hangar dont l'alarme est restée muette. « Stop ! Segurança ! » crie Cicero en braquant sur eux le faisceau aveuglant de sa lampe. Stan et Roy se mettent à aboyer comme à l'entraînement. Johann regarde son chien. Ses crocs recourbés luisent sous le retroussis des babines blanches de bave. Son museau froncé donne à sa gueule une terrible expression de mépris. En bon prédateur, il hume régulièrement l'air pour flairer les individus qu'il lui faudra reconnaître s'il doit les pister. Le poil hérissé, les muscles saillant sous le pelage taché de flammes, il paraît avoir doublé de volume et tressaille de toute sa masse. Ses abois emplissent la nuit. L'animal sait qu'il n'est plus à l'exercice.

Une explosion retentit. Les fenêtres du garage volent en éclats et un feu se déclare à l'intérieur. Les trois gamins s'égaillent. Cicero démarre vers la gauche à la poursuite du plus grand. Johann a choisi de courser celui qui est parti à découvert. Il lui crie « stop, stop » sans résultat. Ils traversent la pelouse, franchissent des haies d'hibiscus et s'enfoncent sous le feuillage d'un bosquet de plantes malvacées.

Le fugitif a une trentaine de mètres d'avance. Il escalade la haute barrière grillagée au sommet de laquelle une ligne électrifiée empêche, en théorie, toute intrusion. Ils sont pourtant entrés par là car une couverture déroulée de part et d'autre facilite l'enjambement de l'obstacle. Johann s'arrête alors de courir. D'un geste lent il porte la main au collier de Roy et le détache en le retenant par le collet. A cet instant il a peur mais il éprouve aussi un sentiment de puissance qui passe l'imagination. Une existence de vigile ne se justifie-t-elle pas par ce qu'il s'apprête à faire ? Il ouvre la main : Roy se lance à la curée avec un grognement ronflant. Rien ni personne, sinon son maître, ne peuvent le dévier de sa course à présent. Il file et saute, tendu, comme projeté par la corde d'un arc. Bien que le garçon soit déjà à deux mètres du sol, le chien mord et l'attrape à la cuisse droite. Le fuyard hurle et tombe à la renverse. Roy se déchaîne sur la jambe de sa proie jusqu'au moment où Johann lui ordonne de lâcher prise.

Les hommes sont très remontés après l'incident de la nuit. Ils savent que les quartiers privatifs sont devenus la cible d'une partie des gangs de Rocina. Leur excitation est visible : ils se congratulent, à la manière des têtes brûlées qui poussent des cris de joie aux déclarations de guerre. Leur réserve d'agressivité, qui ne cesse de croître à mesure que les jours passent sans que l'occasion de lâcher son chien ou d'interpeller un délinquant se présente, va peut-être trouver l'occasion d'être entièrement mise à contribution.

Les trois jeunes qui ont détruit hier l'une des berlines d'Hermann viennent de Quinta do Céo. D'après ce que Johann a pu tirer du gamin qu'il a alpagué, cet acte de vandalisme est la première des mesures de rétorsion que le cacique des trafiquants de chiens a prévu de mettre en œuvre pour protester contre le manque à gagner que représente la disparition de leur « business ». Il importe peu de savoir d'où viennent les fuites qui ont alerté la favela – les hommes de Cão de Guarda y sont nés. Il s'agit d'éteindre au plus vite le feu qui couve et qui menace d'embraser La Barra.

La décision que Johann a prise cette nuit de ne pas livrer les deux garçons à la police et de les laisser filer pendant l'intervention des pompiers – le système anti-incendie n'avait pas été neutralisé, lui – est déjà un signe de conciliation envoyé au gang. Pour appuyer sa démonstration de bonne volonté, il a en plus chargé son « prisonnier » de transmettre un message au petit caïd qui s'apprête à fouler le sentier de la guerre. En espérant calmer les velléités de chantage à la violence, Johann a pris sur lui de promettre que la bande serait dédommagée : ou bien en espèces, ou bien par le biais des embauches de nouveaux agents de maintenance que la mise sur pied de l'élevage nécessite. On ne maintiendra le statu quo entre la favela et La Barra qu'en mettant la main à la poche. Il sait que Mme Moraíme l'approuverait et que le pragmatisme de la firme l'inclinera à lui donner raison. Peut-être même que réussir à garder sous contrôle cette situation un peu « chaude » jouera en sa faveur quand on se repenchera en haut lieu sur son devenir.

Après cet incident, la tension est palpable à Cão de Guarda. Johann juge plus prudent de rester en contact avec le terrain. Une bavure est vite arrivée quand les hommes sont ainsi gonflés à bloc. Il retourne à La Barra pour la journée et coordonne le ballet des équipes. Les tours de garde sont doublés. On guide les rottweilers au pistage, en limiers plus qu'en chiens d'attaque : leur flair peut localiser les délinquants avant que ceux-ci commettent d'exactions.

Il dirige les opérations à partir de la guérite d'entrée d'Indian Wells. Il a demandé par radio à tous les îlotiers de tous les lotissements de lui communiquer, quatre fois par ronde, un point sur la situation. Cette obligation leur pèse mais elle canalise leur fébrilité. Qu'ils aient, aujourd'hui en particulier, des comptes à rendre régulièrement les maintient dans un cadre strict dont il serait hasardeux de se dispenser. Rien ne serait plus néfaste pour La Barra que d'avoir à regretter un débordement. Les vigiles subissent tant de provocations, ils macèrent dans un tel ennui, puis doivent soudain supporter une pression si considérable – pression dont il leur est interdit de se soulager sur ceux qui les harcèlent – qu'ils sont toujours à deux doigts de se défouler sur le premier venu.

Cela ne signifie pas qu'ils n'ont jamais la main lourde sur tel gamin qu'ils surprennent à dépouiller une voiture ou sur telle bande venue en repérage aux abords du Country Club. Certains agents laissent parfois leurs chiens esquinter des inconnus qui ne sont interpellés que pour délit de vagabondage. Si les policiers qui viennent embarquer les voyous et les autres – pour les relâcher au bout du pont da Tijuca – protestent, c'est parce qu'il leur est ensuite impossible de les passer eux-mêmes à tabac.

Johann observe sa troupe de Rambos sur le pied de guerre. Il n'ose les imaginer tomber sur un suspect aujourd'hui, ni envisager la riposte qui s'ensuivrait. Cette fois Rocina sortirait les fusils automatiques, les lance-roquettes, et une guérilla s'installerait qui ne perdure pour l'instant que par affrontements sporadiques. Sa proposition a-t-elle été acceptée ? Les heures tournent dans le calme en tout cas. Il continue cependant d'entendre gronder, juste au-dessus du Gávea Golf Club, le morne au flanc duquel s'entassent trois cent mille personnes.

De retour au domaine, il a eu la satisfaction de n'avoir qu'un zéro en manière de RAS à tracer à la date du jour sur la main courante : pas de grabuge cette nuit non plus. Bien que Cicero l'ait averti par radio hier au soir que le cacique du gang des chiens volés venait d'appeler pour confirmer la livraison de demain – ajoutant qu'il attendait de voir si la société respecterait ses engagements avant de relancer une action violente –, il a voulu prolonger jusqu'à l'aube ses heures supplémentaires, *au cas où*. Il est rentré dans la sorte d'état second que procure la fatigue quand elle ne se fera plus sentir qu'à l'instant de l'effondrement. Lui-même, pour expliquer son attitude de bourreau de travail, ne saurait faire le partage entre le défi personnel et le besoin de ne pas penser à Magalheís Moraíme.

Il est passé par le bar, s'est versé à cinq ou six reprises de la cachaça sur du sucre pilé, puis a parcouru, la tête immensément vide, le domaine qui se réveillait. En traversant la chambrée endormie, il a eu un mouvement d'effroi : un gaillard à l'œil mauvais avait surgi de l'ombre. Il a compris enfin que ce n'était que son reflet dans le miroir devant lequel les agents réajustent leur uniforme chaque matin. Il a mis sa transformation physique sur le compte de sa barbe de trois jours ; elle lui donne l'air d'un baroudeur un peu parodique. Il s'est dit qu'il devrait se raser, « pour l'exemple », mais il n'en a rien fait. De toute façon, il n'y a rien ici qui ne singe quelque chose, a-t-il grincé entre ses dents sans trop savoir ce que ce « quelque chose » désigne.

Le vétérinaire vient à sa rencontre au milieu du carré de la cour. « Il ne faudrait pas oublier la femelle rottweiler que l'on doit engrosser. Elle est à son pic de fécondité. On devrait s'en occuper aujourd'hui. » Johann acquiesce. « Le jour de mon arrivée, Cicero m'avait montré le local de saillie. Une chance qu'on ait vu grand à l'installation au domaine et qu'on ait prévu de diversifier en ajoutant l'élevage à nos activités. » Il retrouve la clé de la pièce vide qui jouxte la caixa. Les animaux ont besoin d'intimité, pas de confort ni d'espace, pour leurs accouplements. Le vétérinaire amène la chienne afin qu'elle s'habitue à ce qui va constituer sa chambre nuptiale pendant quelques heures.

Ils sont nombreux les mâles du chenil à avoir perçu, depuis son arrivée à Cão de Guarda, la présence d'une chienne en chasse. Ils sont autant à pouvoir prétendre au rôle de géniteur. Or le vétérinaire n'en a qu'un à choisir. Pour plus de sûreté il a sélectionné deux molosses qui couvriront la femelle chacun leur tour. On a souvent prélevé la semence du premier afin d'inséminer les reproductrices de son élevage d'origine. Mais il a aussi monté quelques visiteuses venues de loin dans le but d'engendrer des rottweilers du meilleur pedigree. Pour éviter que le second chien, novice en la matière, ne tergiverse, il assistera à cette saillie inaugurale : l'expérience a démontré que les puceaux cessent de l'être par imitation.

Le vétérinaire, avec un liquide antiseptique doux, désinfecte la vulve rougie de la chienne. Il opère de même avec les fourreaux des mâles, profitant de l'occasion pour les mettre en train d'un vigoureux coup de poignet. Les animaux n'ont pas à se courir après dans le réduit et l'étalon a tôt fait de s'intéresser aux chaleurs de sa partenaire. Il la renifle un peu et elle accepte de bon gré d'être chevauchée.

Les pattes avant du chien enserrent les flancs de sa belle. Son rostre velu se dresse vers la muqueuse offerte et, avec l'aide du vétérinaire, il procède à sa complète intromission. Les griffes de l'assaillant glissent sur le carrelage alors qu'il administre de virulents coups de reins à la femelle. La bave du mâle ruisselle sur le dos de celle qu'il fait couiner et à laquelle il ne cesse de s'agripper avec plus d'ardeur. Les yeux du couple noir sont fixes, inanimés, « comme lorsqu'ils mordent un homme », se dit Johann.

Après plusieurs minutes d'un puissant va-et-vient, un spasme de la femelle enferme le mâle en elle. « Ils sont collés. Cela peut durer une heure », précise le vétérinaire. Les deux animaux imbriqués l'un dans l'autre se tiennent à présent tête-bêche, dans la plus parfaite indifférence quant à ce qui vient de les unir. Elle finit par le relâcher. Le cadet n'a pas perdu une miette de ce spectacle pour adultes et son excitation est visible. Son sexe décalotté libère même quelques gouttes de son éjaculat dans la main de l'entremetteur. Lorsque eux aussi en ont terminé, le vétérinaire empoigne les pattes arrières de la femelle et les maintient en l'air de façon à bénéficier d'un éventuel effet de gravité.

Johann avait ouvert la pièce à cause des émanations fauves que dégagent les chiens pendant le coït. Les agents qui se pressent à la porte du local rigolent grassement de cette position « en brouette ». Ils laissent jaillir le flot d'insanités que leur a inspirées ce à quoi ils viennent d'assister. Incapable de concurrencer ses hommes dans le registre des obscénités, Johann se contente maintenant de ricaner en leur compagnie.

Le véritable successeur de Rubem Laus l'inquiétait beaucoup moins depuis que la directrice et les pontes de la firme savaient à quoi s'en tenir avec lui, l'« autre » ne risquant plus de découvrir le pot aux roses comme on dit, seulement de le déloger et de le renvoyer à son envie de larguer les amarres. Il ne s'en préoccupait donc plus quand une lettre est arrivée au domaine aujourd'hui.

Comme elle provenait du conseil d'administration de la maison mère à São Paulo – « Siège social New York

City » – et qu'elle était adressée à la « Direction » de Cão de Guarda, il n'a eu aucun scrupule à l'ouvrir. Elle annonçait en trois lignes la délégation vendredi, soit après-demain, « pour une durée qui reste à déterminer », d'un certain M. Wasser au poste de maître-chien. Cette nouvelle a littéralement estomaqué Johann. La défense de Mme Moraíme, sa parfaite gestion des incidents des jours derniers n'auront pas suffi à convaincre le Grand Jury de sa légitimité au poste qu'il a d'abord, c'est vrai, usurpé.

Il prend cette nouvelle comme un affront personnel, la remise en cause de sa science en cynophilie, de ses talents de meneur d'hommes. Une irrépressible rage à l'encontre de ceux qui refusent de reconnaître ses mérites, et qui le nient de cette façon, l'envahit. Hermann au premier chef est dans sa ligne de mire. Il devine la main de celui qui se venge derrière ce renvoi. Si ce « vicieux » était à sa portée, il serait capable de l'écharper.

En retrouvant son calme, il mesure ce que son sentiment d'humiliation a de disproportionné à propos d'un métier qui n'est pas le sien, mais s'il se raisonne c'est sans conviction. Non, blessure d'amour-propre à part, le plus grave consiste en ce qu'il va advenir de Magalheís si la décision d'Hermann est entérinée. Il ne sera plus là pour veiller sur elle et tout espoir d'affranchissement devra être abandonné.

Il est temps de se coucher. Il peut compter sur l'abrutissement des heures de veille pour s'engouffrer dans le sommeil. La réception d'autres chiens volés, parce qu'elle était *à risque* ce soir – Johann et Cicero savaient qu'ils pouvaient être liquidés dans un guet-apens de trafiquants revanchards –, a fini de l'épuiser. La transaction s'est bien déroulée cependant. Il a d'ailleurs tenu à rassurer les gamins de vive voix en leur promettant un dédommagement et en insistant sur les emplois qu'il propose à ceux qui désireront travailler à l'élevage. Il a laissé son acolyte se débrouiller avec « la marchandise » pour se retirer dans sa chambre. Il s'est muni d'une bouteille pour parer à toute angoisse.

Il ne dort pas, une heure après avoir éteint l'applique murale. La malchance a voulu qu'il songe à Magalheís Moraíme et qu'il s'interroge sur le pourquoi de son silence. Dès lors, il n'en finit plus de retourner les mêmes questions dans sa tête. N'a-t-elle vraiment aucun moyen de l'appeler ? Où est-elle ? Que magouille-t-elle pour être ainsi dans l'impossibilité de lui faire signe ? Il faut qu'elle soit bien occupée, ou bien surveillée, pour ne pas être en mesure de le joindre, surtout après les jours passionnés qu'ils ont passés ensemble. Elle est peut-être en danger, kidnappée, pourquoi pas ? Ou alors se contrefiche-t-elle de lui et a-t-elle décidé d'en rester là ?

Johann se lève et se rhabille. Des cris, des rires, comme il en parvient jusqu'à lui les nuits de beuverie, s'entrechoquent du côté de la grange. Il se dirige vers la *festa* d'un pas hésitant et lorsqu'il pousse la porte de la quarantaine, il ne comprend pas tout de suite ce qu'il découvre. Une dizaine de ses hommes, torse nu, le pantalon de treillis ouvert, chantent, dansent et engloutissent des litres d'alcool dans une sorte de transe. La plupart se masturbent en cercle autour des cages des animaux volés. Johann reconnaît Tango, le vétérinaire, Cicero, parmi les plus actifs.

Son second l'a repéré et vient à sa rencontre. « *Ta lauco!* je savais bien que vous viendriez un jour avec nous ! *Nossa!* Regardez qui est là, les gars ! Une bouteille pour Don Johann ! Une bouteille pour Don Johann! Allez, dansez, laissez-vous aller ! Ça manque de femmes mais on se débrouille, pas vrai ? »

Johann est frappé de stupéfaction. Il entend à peine ce qu'on lui raconte. Il regarde les corps ruisselants de sueur qui miment les accouplements des chiens sous les acclamations. Tango, possédé, se saisit d'un berger allemand, soulève le fouet de sa queue et pénètre l'animal de son long sexe étroit. Il s'agite et décharge dans la bête qui hurle. Tout le monde exulte. Johann s'en retourne dans sa chambre, insensible aux appels qui veulent le retenir mais avec la sensation encore nette de la main de Cicero posée sur son épaule. Il ôte ses vêtements et s'allonge sur son lit défait. Quiconque le surprendrait à présent, le verrait la verge emmaillotée dans un ruban luisant, dans une peau d'anaconda pour être exact.

Quand elle lui a donné rendez-vous au Caesar Park, il a su que rien ne se déroulerait comme il l'avait prévu. Il n'espérait pas la retrouver dans l'état de disponibilité qui était le sien quand elle l'a laissé, mais il ne pensait pas la rejoindre dans un lieu si peu intime. En arrivant au restaurant, il n'était pas certain qu'on le laisserait entrer avec sa barbe et son jean. Il lui a suffi d'annoncer à la réception le nom de la personne qui devait déjà l'attendre pour voir un sourire effacer la mine soucieuse de l'hôtesse et être invité à suivre une autre créature *taille mannequin* jusqu'à la table de son « amie ». Un peu agacé par ce protocole, Johann s'est dit que cette femme doit accorder beaucoup de prix à la notoriété et se sentir moins seule dans la vie uniquement parce qu'on lui donne du « Chère Magalheís » dans tous les endroits huppés du monde.

« Toi qui aimes l'art, sais-tu qu'Orson Welles est descendu dans cet hôtel quand il tournait un film sur le Brésil ? » Oui, il le sait. Mais *It's all true* n'a jamais pu être achevé. « Je n'imaginais pas que tu voudrais parler cinéma après trois jours de silence radio. » Sa froideur est une réponse à l'enjouement forcé qu'elle croit devoir afficher. C'est aussi une manière de grincer des dents devant ses complexes d'infériorité intellectuelle.

Johann la regarde. Il est le seul, il le sait, à la percer à jour, à trier le chagrin de l'ivresse. Tous se laissent berner tant elle a du talent pour donner le change, pour voiler de superbe doutes et arrière-pensées. Et elle est belle c'est vrai, comme toujours. Devant lui cependant, dans cette cantine *design* où, à en croire la carte, on sert du poulet au Coca-Cola, elle tient autant de la figure *jet-set* que de la divinité créole. Un dragon en or blanc, rubis cabochon et perle de culture, brille à son cou. Bien que le maître d'hôtel ait paru attendre les consignes de l'habituée, Johann passe la commande. Il a hâte d'en venir au fait et l'expédie – « deux salades, champagne » – avec la hauteur de ton que lui inspire le tralala du bonhomme.

Longtemps elle va esquiver ses questions. Quand il revient à la charge pour la énième fois et qu'il lui demande ce qui la retient « d'envoyer balader ce dégénéré d'Hermann », son regard se durcit. Seule la crainte du qu'en-dira-t-on l'empêche de s'emporter tout à fait.

« Tu n'y connais rien. En ce moment, Hermann, je lui dois la vie parce qu'il ne m'a pas encore fait abattre. Que crois-tu savoir de moi, monsieur l'encyclopédiste ? Tu penses vraiment que je m'en tiens à la société de gardiennage et aux chiens ? Vous avez une expression en France : l'arbre qui cache la forêt. Es-tu bien sûr d'avoir deviné de quel trafic il s'agit ? » Elle regarde autour d'elle. « Où imagines-tu que je sois pendant que tu pleurniches ? Je suis à New York, à Zurich, à Taipei, à Dubaï et je négocie. Je suis bonne, parce que j'ai de l'instinct. Je reste parfois quinze heures d'affilée autour d'une table. Quinze heures de *show time*, tu m'entends ? Le soir, dans ma suite, je m'enroule la tête dans une serviette-éponge et je me mets au lit pour me sentir à l'abri. Alors tu crois encore que j'ai affaire à des gens "compréhensifs" ? Tu crois que des *billions* de dollars n'attirent pas toutes sortes de piranhas ? »

Elle bout. Elle se libère en même temps qu'elle déborde de haine. Haine pour lui qui voulait tant savoir, haine pour elle-même qui rompt le silence, dit-elle, pour la première fois. D'un signe, elle fait ouvrir une autre bouteille. « As-tu idée des sacrifices que j'ai faits toutes ces années ? Quand j'ai compris dans quoi je vivais, j'ai voulu me faire opérer pour ne plus pouvoir être mère. Avoir la paix, au moins là. Je gagnais des montagnes d'argent, j'en faisais profiter ma famille, les miens à Bahía. Je vivais dans le luxe, je ne touchais plus terre. J'avais renoncé à la vie d'une femme normale. Mais je suis tombée enceinte et quand je l'ai su il était trop tard pour avorter. J'ai tout fait pour perdre le bébé. J'ai même sauté dans les eaux d'Iguaçu du haut de la grande falaise. Lygia est née. Son père m'a menacée de me livrer à la police si je ne lui en confiais pas la garde. De toute façon ils ne m'auraient pas laissée m'en occuper. »

Elle a mis ses lunettes noires. « Je vis dans un monde où il n'y a pas de pardon. Tu ne sais pas ce que c'est. Rien que ce que je te dis là pourrait nous tuer. Alors oui, je dis merci à Hermann de ne pas encore avoir donné l'ordre de me faire disparaître. Parce qu'il y a des gens au-dessus de lui – voilà une chose que j'ai apprise : il y a toujours des gens *au-dessus* – et il m'en protège. Lui m'a dit hier qu'il vieillit, qu'il serait prêt à me laisser vivre dans deux ans. Mais eux ne sont pas conciliants. Un type surtout, Wasser, leur porte-flingue. Un vrai crocodile. Il ne me lâchera jamais. »

Roy maîtrise si bien son sujet que l'exercice tourne à la démonstration. Il répète la même attaque lancée depuis tôt ce matin. Si le maître-chien l'aguerrit à la poursuite, c'est qu'il a constaté que cette phase du dressage – rarement nécessaire – n'est pas des mieux assimilées. D'autres dresseurs suivent l'exemple et lancent leur bête sur un figurant qui fuit.

Johann se tient accroupi à côté de Roy qui dégouline d'avoir été rafraîchi au jet. L'homme d'attaque trottine en leur tournant le dos. Lorsqu'il est éloigné d'une quarantaine de mètres, Johann lâche le collier de l'animal. Le chien part au quart de tour et file. Une flamme sur une traînée de poudre. Au dernier moment, l'assistant se retourne, esquive l'animal et lui fourre son manchon dans la gueule. Johann insiste pour que son partenaire lève le bras afin que Roy saute haut sur lui.

Certains hommes ne cachent pas leur appréhension. Lui s'énerve. L'idéal serait d'être en droit de simuler une véritable attaque-surprise, « mais bien sûr ici on travaille en pantoufle ! » Bien qu'il comprenne la crainte de l'accident, il regrette qu'il ne soit pas permis à Roy de bondir sur le dos de l'assistant sans que ce dernier se défende. Cet entraînement serait jugé dangereux – à juste titre : une telle masse catapultée à cette vitesse brise net les cervicales – et on ne comprendrait pas que le perfectionnisme de Johann le pousse à ignorer les règles de sécurité.

Les agents tentent cependant de satisfaire leur supérieur. Ils ont bien senti que ce dernier est nerveux, « mal luné ». Ils s'appliquent certes pour éviter ses foudres, mais surtout pour soulager cet homme qui leur inspire un grand respect. Johann ne se rend pas compte de leurs efforts. La fatigue, l'abus régulier de boisson l'ont rejeté dans une sorte de décalage horaire permanent. Il n'est plus que l'ombre de lui-même depuis que Magalheís Moraíme l'a quitté hier au restaurant sans qu'il ait seulement pu l'embrasser. Toute la nuit ses mots ont résonné dans sa tête pour n'y laisser qu'un petit rond de lumière, au loin, semblable à une sortie de tunnel toujours fuyante.

Ce matin, au courrier, une circulaire non signée annonçait l'arrivée de Wasser à dix-neuf heures. Le texte précisait que le nouveau maître-chien tient à discuter avec la directrice avant d'être présenté à la troupe. Cela tombe plutôt bien car Mme Moraíme n'a encore averti personne de son incorporation – pas plus qu'elle n'a fait état de l'éviction de Johann. Pour que cette entrevue préliminaire se déroule dans la discrétion, il ne passera pas par l'entrée principale mais attendra du côté de la quarantaine.

Johann n'a pas réagi en prenant connaissance de la nouvelle. Il a juste brûlé la lettre après l'avoir lue. A quoi pourrait-il être sensible désormais ? S'il avait à expliquer le sentiment qui l'habite – mais qui veut l'écouter aujourd'hui ? –, il parlerait d'une impression de deuil. Les révélations de Magalheís Moraíme ont jeté un terrible froid en lui. Il ne se sentirait pas autrement si elle lui avait montré le noyau noir au cœur du monde. Rien ne peut l'atteindre à présent.

Il a donné quartier libre aux hommes qui ne sont pas de garde. Le domaine est plongé dans un silence de poste frontière après le « sauve-qui-peut ». Les projecteurs qui éclairaient la façade de la quarantaine ont été éteints. Comme prévu, à dix-neuf heures une ombre se faufile par la porte de service. Johann est placé de l'autre côté du terrain d'entraînement de manière à être posté dans le dos du visiteur. Celui-ci, voûté, en tenue civile, longe le ring, coupe par le gazon et s'apprête à disparaître dans l'obscurité. L'espace d'une seconde, Johann se dit qu'il ressemblait à cet homme en arrivant au domaine, puis il pose un genou à terre, approche sa bouche de l'oreille relevée de Roy et, en le poussant légèrement vers l'avant comme on donne l'impulsion de départ à un enfant qui débute à vélo, il chuchote « Attaque ».

ÉPILOGUE

La façade des gratte-ciel, les anciennes favelas converties en un *prêt-à-loger* de béton et les nouveaux bidonvilles poussés sur des mornes encore sauvages il y a peu ont l'air d'être coloriés du matin. Sans doute est-ce l'effet de ce coup de jeune quotidien qui anime tout bord de mer ensoleillé. Deux ans déjà qu'elle n'est pas revenue au Brésil. Elle avait fêté ses vingt ans ici, avec Lise. A cette époque non plus elle n'avait pas rendu visite à sa mère qui vit désormais en recluse, « en Greta Garbo », à Búzios.

Au sommet du Corcovado, le Christ Rédempteur est presque entièrement dévoré par l'échafaudage érigé pour sa rénovation. Elle a lu dans l'avion que la pollution ronge les structures portantes du monument et que la mairie vient de débloquer les fonds afin de réinjecter du ciment sous ses pastilles de pierre à savon. Dans le journal elle a appris qu'un péage au prix prohibitif, direction La Barra, vient d'être inauguré au bout du pont da Tijuca. Elle n'avait de toute façon pas l'intention d'y remettre les pieds.

Elle suit la frise noire de la promenade qui longe l'avenue Atlantíca. Souvent, un cycliste, un coureur luisant d'huile solaire ou une adepte du roller – bandeau en éponge, queue de cheval et bikini – la hèle – *opa!* – pour qu'elle cède le passage. Elle s'immobilise – *muito obrigado* – puis reprend le petit défi qu'elle s'est lancé en s'obligeant à marcher jusqu'à Ipanema. Une voiture de police déboule à un carrefour, sirène hurlante, pneus crissants, et disparaît aussitôt.

Elle est arrivée au niveau du dernier poste de sauvetage de la plage de Copa. Elle va poser sa canne et louer un transat sous un parasol quand elle aperçoit le sentier de pêcheurs qui serpente sur l'Arpoador. Il donne accès à la plage du Diable. Elle se reposera en regardant les *surfistas* à l'œuvre. Elle passe au creux d'une encoche emplie d'ombre. A sa gauche, de longues plaques détachées par clivage dorment dans le bleu mouvant. Du haut de la digue accore, on voit les flots napper une plate-forme d'abrasion à quelques mètres des surfeurs. Elle décide de s'installer là, dans un rencognement de la roche qui surplombe les figures libres de ceux qu'on nomme les « accros de la glisse ».

Il y a du monde à l'eau. Les vagues sont disputées : des polémiques éclatent pour savoir quel est celui qui prendra la prochaine. Peu de *bailarinos*, de danseurs, mais beaucoup d'athlètes qui cherchent la performance dans chaque « gauche » qu'ils déchiquettent. Une jeune fille tire son épingle du jeu. Elle dessine de parfaites arabesques dans un style très « coulé ». Aucune agressivité, aucune envie de faire un numéro dans ses mouvements harmonieux. Métisse aux cheveux dorés, aux formes pleines, sa beauté ajoute au plaisir de Lygia et à celui de la foule qui profite du bain de soleil pour juger du talent des « locaux ».

Il aura suffi qu'elle *décroche* une seconde du spectacle de la belle sur sa planche pour que le souvenir du drame dont la plage fut le théâtre il y a dix ans lui revienne à l'esprit. Sa stupéfaction est à la mesure de cette brutale prise de conscience. Il faut que sa mémoire ait massivement refoulé la chose pour qu'elle ne s'en rende compte que maintenant : elle est assise à l'endroit même où Johann s'est tué. A l'époque on avait parlé d'un accident : les phares d'une voiture de police auraient ébloui le jeune homme en état d'ivresse, il aurait basculé et se serait écrasé sur la roche affleurante.

Tous les détails refont surface. Lors de son précédent voyage elle avait éprouvé le besoin de mener sa petite enquête et de rassembler quelques notes dans un carnet. En fait de notes, elle avait rempli une page des questions qu'elle se posait depuis longtemps, depuis que sa mère l'avait éclairée sur certains aspects de ce suicide en en laissant d'autres dans le noir le plus complet. Elle se les rappelle encore : à quel moment a-t-il compris qu'il avait été manipulé ? Quand, au matin – alors que les cendres de celui qu'il avait tué la veille fumaient encore dans le four crématoire – il a vu débarquer Wasser à Cão de Guarda, a-t-il deviné quel était l'homme qu'il avait en réalité supprimé ? Sa mère a-t-elle tenté de se défausser en lui expliquant que Rubem Laus la faisait chanter et menaçait de dénoncer « tout le monde » aux autorités ? A-t-il téléphoné dans l'espoir qu'elle ignore tout de cette manipulation ? S'est-elle résignée au dernier moment à être instrumentalisée par la firme – c'est ce qu'elle a juré – ou bien savait-elle dès le début qu'il lui serait interdit de changer de vie ? Sur quel ton lui a-t-elle conseillé de prendre le premier avion pour Paris ? L'a-t-elle vraiment félicité pour l'idée du four – pas de cadavre, pas de meurtre – et a-t-elle eu le cœur d'ajouter qu'on n'en attendait pas moins de lui ?

Lygia ne s'interroge pas à propos des dernières heures de Johann. Elle imagine sans mal comment il s'est saoulé à mort, comment il a erré dans Rio avant d'échouer sur cette digue, comment mourir alors lui a paru simple. Il y a deux ans, elle voulait écrire une nouvelle en partant de ce matériau. Elle a renoncé. L'alchimie n'avait pas opéré qui transmue la réalité en art par la vertu d'une réelle inspiration du verbe. Elle devrait s'y atteler aujourd'hui. N'est-elle pas en train de devenir écrivain ? Après tout, elle est bien ici pour présenter la traduction en brésilien de son premier roman qualifié par la presse de « policier ».

Il est d'ailleurs temps de rentrer à l'hôtel si elle tient à ne pas être en retard pour l'interview qu'elle doit donner au supplément littéraire du *Globo*. Que pourra-t-elle raconter encore ? On lui posera les mêmes questions qu'à Paris – Pourquoi écrire des romans policiers ? Pourquoi écrire en français ? Pourquoi écrire ? – et elle peinera à répondre. Elle devrait peut-être citer Laurane Biely dont elle a emporté avec elle le dernier livre paru – *Le Concile des tyrans* – et qui déclarait l'autre nuit, lors d'une émission de radio : « Écrire me donne des ailes. »

DU MÊME AUTEUR

Fiasco, roman
Phébus, 1997

Journal d'un cœur sec, roman
Phébus, 1999

Les Filles de l'ombre, nouvelles
Phébus, 2002

Aux dimensions du monde, poèmes
Léo Scheer, 2004

Cet ouvrage
réalisé pour le compte des Éditions Phébus
a été mis en pages par In Folio,
reproduit et achevé d'imprimer
en mai 2004
dans les ateliers de Normandie Roto Impression s.a.s.
61250 Lonrai
N° d'imprimeur : 04-1224

Imprimé en France

Dépôt légal : août 2004
I.S.B.N. : 7529-0011-2
I.S.S.N. : 0992-5112